是谁惹恼了你

太桥旦曾 著

心平静了，心的力量就会发挥，心的本能就会展开；
心平静了，佛性才会显露，智慧才会提升。

序

现在这个时代太繁忙了。巨大的生存、工作和家庭压力让我们身心疲惫、内心浮躁，再加上精神空虚等，面对这样的现状，在精神层面拥有一个自我净化和精神充实的方法相当重要，否则我们的精神容易崩溃，内心也无法安宁。

我们可以通过保持身心放松、观赏大自然的风景、听喜悦的音乐、持咒和禅修使自己的心平静下来，让自己的心越来越宁静祥和。否则，心越来越浮躁，散乱也会越来越严重，最终可能导致抑郁症和精神疾病，那就太可怕了。

无论时代如何瞬息万变，我们千万不要随着大环境、周围事物的变化而变得越来越糟糕，我们一定要时刻调整好自己的心态。无论出现顺境还是逆境，仍然要习惯保持乐观和淡定，培养一个积极向上的心态。

学佛其实和什么样的环境、人、事没多大关系，最重要的是修心，我们自己要管理好、调整好自己的心。如果我们的心能保持清净、有定力、有觉醒，那么无论外在环境如何变化莫测，都会成为我们修心的一个助缘。

佛陀曾经说过："自己是自己的救星，自己是自己的敌人。"在如今这个时代，我们变成自己的救星还是自己的敌人，完全取决于我们自己心的发展方向。如果我们的心朝着觉醒的方向发展，那么我们就是自己的救星；如果我们的心朝着欲望或者烦恼的方向发展，那么我们就是自己的敌人。其实，我们的修行就在自己的生活、工作或者任何一个当下之中，这一切都值得我们时刻观照自己的心。

外在的很多事物都可以使我们的内心变得坚强，成为其更有定力的助缘。现在我们的心特别容易脆弱和波动，很多时候甚至浮躁、忧虑、恐惧，这些是谁造成的呢？这些都是自己造成的。就是因为自己没有管理好、守护好、降伏好自己的心，所以才会随波逐流。

修行的关键是修心，这点特别重要。修行不一定非要放弃俗世、离家出走或者是成为出家僧。修行就在我们的生活中，在家庭中，在内心中。平时无论是在开车、上班或是堵车的路上，又或者是工作中电脑死机、飞机延误等，任何时候我们都可以利用时间来训练自己，通过觉照自心来提高自我认知和发挥内在的觉醒。

太桥旦曾

目 录

第一章

烦恼是一杯自酿的苦酒

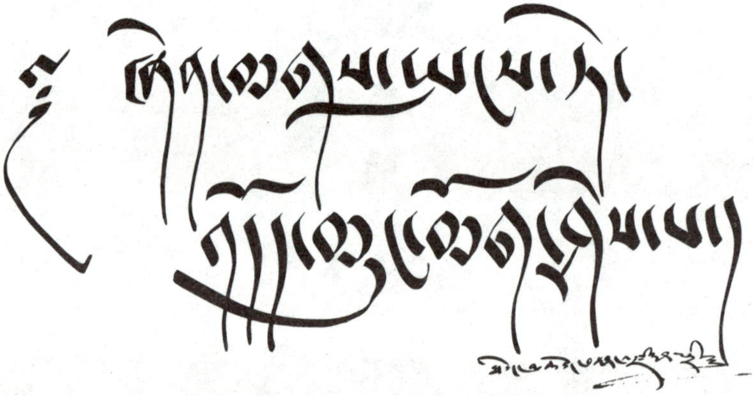

· 是什么让我们彻底毁灭？就是我执。有了我执我们才会感受痛苦，我执会毁灭一切善，消灭修行的机会，让我们无法获得解脱。很多人即便获得了暇满人身，但最终在修行上还是空手而回，就是因为这个强大的我执。

· 我执是内心之中的自我感。这种自我感与生俱来、根深蒂固。不仅限于人类，大千世界中任何种类的众生都具有这种自我感。地上的牛羊、海里的鱼虾、空中的飞鸟，乃至蟑螂、蚂蚁这些微小的昆虫，虽然它们表面上并没有造作非常重的恶业，但是其内心的自我感却是永远存在、从未中断。

· 我们每个人都希望高高兴兴地过一辈子，但为什么无法保持一颗欢喜心呢？根源就是"我执"。我执导致我们总是沉浸在两种情绪中：期盼与忧虑。

　　·烦恼是一切痛苦的根源，是我们最大的怨敌。所以，修行就是要与内心的烦恼作战，依靠智慧和慈悲的佛法宝剑来解决烦恼、毁灭怨敌，这样我们才能找到真正的幸福和快乐。

　　·一切导致痛苦的恶业究竟是由谁在操纵、在指挥？答案是"我执"。正是由于"我执"的存在，我们为人处世只考虑自己和自己的亲人，根本不考虑别人的感受。"我执"阻碍我们关怀别人、阻碍我们发挥慈悲。"我执"是一切恶业的幕后黑手，它不是魔谁是魔？

　　·执着是苦恼的根源，放下执着，才能获得解脱、自在。关于放下执着有些错误的认识，将放弃误认为是放下，结果是修行越久，越脱离生活。表面上自以为是放下了，实际上是执上加执，迷上加迷。放下并不等于不能有任何执着，而需因人而异，好比下楼梯一般，需逐级而下。因为修行有次第，所以放下也须有次第。

　　·放下贪执首先要做到少欲知足，拥有的东西越少，执着就越少。因为拥有的东西越多，执着就越多。巴珠仁波切曾说："有一匹马就增长对一匹马的执着，有一头牛就有对一头牛的执着。"所以，我们首先要做到少欲知足。

· 懂得知足会更加珍惜拥有，学会少欲就不再计较得失，了悟无我能做到不迷世间，心怀博爱将平等利乐有情！

· 唯有保持少欲知足的心态，放松静下心来，时常观照自心，观照心的本性，才会获得真正的幸福和快乐！

· 无论我们身处大众之中，还是独自生活，只要随时随地能知足少欲，保持正念、传递爱心和提高觉醒，任何地方，任何时候都可以修行。

· 控制欲望的方法很简单，那就是了解欲望的过患。为什么佛陀在第一次转法轮时讲苦谛？目的就是要让我们知道轮回的过患，这样我们才会产生向往解脱的愿望。同样，如果我们能明白，满足欲望只会给人带来暂时的舒心，之后却会导致一系列无法解决的痛苦，就会使得欲望逐渐减少乃至断除。打个比方来讲，人类追逐欲望就像一个人在锋利的刀刃上舔食蜂蜜，虽然蜂蜜很是香甜，但舌头一定会为此而被割伤，那么，你是会选择蜂蜜还是选择舌头不被割伤？答案显而易见。

·如果我们没有从内心控制贪欲，做到少欲知足，那么，外在的财物永远无法满足我们的欲望。钱财越多，贪欲就会越大，将来所受的伤害就会越深。

·我们凡夫的欲望是难以满足的，如果随着贪欲放任自流，只会成为欲望的奴隶，在轮回的苦海中无有出期。所以，做到"少欲知足"非常重要。

·我们内心的习气、我执、自私等好比冰块一样，而佛法如同热能。只要我们靠近佛法，佛法的热度就能逐渐融化这些冰块，总有一天这些冰块将被彻底融化。

·我执不会像牛角一样长在头上展现给大家，而是非常隐蔽的。当我们与他人相处时，我执就会很容易被发现。所以，与人相处是一个很好的修行机会，也是一个很大的考验，只有在这时才能知道自己的我执有没有减轻。

·要做到断除对此生的贪执！如果连这个都无法断除，那就根本不能算一个真正的修行人。修行人最起码应具足出离心，不如此，哪里还有资格当佛弟子呢？古代大德们说过，放不下对此生的贪执者，不是修行人。

· "断除贪执此生" 是指虽然拥有，但随时都可以放下的一种心态，这是真正的断除。断除并不是要把房子、汽车、生活用品全都扔掉、处理掉，而是我们既可以有，也可以没有这些东西。当我们拥有时，心里没有任何担忧；失去时，心里也能够放下，这才是中道。

· 亲人、钱财、身体是我们凡夫贪欲最大的三样东西。除此之外，能产生贪欲的对境比较少。

· 每个人都希望有一个温暖的家庭。然而，家庭温暖并不取决于财产富足、家族高贵或社会地位高，而是家庭成员奉献爱心、相互包容和彼此关怀。

· 我们凡夫对亲友的态度是情绪化、自私、要回报的。有时，我们自以为对亲人好，其实掺杂了很多虚假自私的成分。而佛菩萨已彻底明察无常的真理，彻底断除对亲人的贪执。断除后剩下什么呢？是慈悲，无私付出的爱心。这种爱心毫无自私、毫无回报的期求、毫无情绪的掺杂，所以佛菩萨对亲人的关怀更真挚、更深厚。

· 如果以悭吝的心态积累了很多钱财，但是在拥有这些财产时没能帮助穷苦的人、解救濒死的生命、修建寺院、印经书、做佛像等善业，甚至连自己也没能好好享用——舍不得吃、舍不得穿，只知道埋头苦干拼命挣钱，这种人就成了钱财的奴隶。

· 人生在世，钱财是每个人再熟悉不过的东西。我们的生活几乎一直被钱财所左右，很多人一生都在为钱财而忙碌、被钱财所主宰。这么重要的东西，确实值得我们静下心来观察一下：钱财究竟对我们的利益大还是伤害大？我们的钱财是不是真的属于我们？

· 有些东西，我们并不能确定什么时候就会失去，但却总是因它而烦恼；有些事情，属于不一定会实现的梦想和追求，但却一直对它倾心期盼，这些执着都是没有必要的。不执着的人是随缘的，我们应该先要尽量做到随缘。

· 当今的人们非常忙碌，一直追逐利益，然而遗憾的是，不仅失去了原有的快乐，也没有抓到所追求的目标，最终一无所有。这就好比一只猴子，在放弃原有树枝的同时又没有抓到另一枝树枝而坠入了悬崖，最后的结局极其残酷。

·如果不能断除对此生的贪着，对衣食等生活资具的贪求就会永无止境。如果宝贵的暇满人身都花在这些事情上，最终我们能得到什么呢？除了永无止息的苦难，不会有别的结果。就像鼠兔辛辛苦苦地忙碌一生，不停地往地洞里收藏人参果等食物，但最后这些食物都会被人类偷走，鼠兔除了劳累和饥饿，什么也得不到。

·人生最珍贵的，不是金钱、地位和名誉，而是健康；人生最重要的，不是财富、权力和名声，而是死亡。如果没有健康，金钱、地位和名誉也没有丝毫价值；如果没有做到为死亡做好准备，财富、权力和名声也都毫无意义。

·我们常会产生两种特别主观的成见：第一，我们习惯于议论他人是非，观察他人缺点的同时拒绝承认他人优点，甚至会进一步生起嗔恨、我慢、嫉妒等种种烦恼来排斥他人；第二，潜意识中，我们认为自己是完美的，无论出现怎样的状况，我们总认为自己是正确的。这些就是在无明和我执强而有力地推动下的产物。

· 凡夫有一个很糟糕的习惯——自以为是。我们总认为自己是对的，跟自己不同的言行和想法都是错的，这就是"我执"的一个突出特征。我们自以为是的时候，说明我们的"我执"正在当家做主，而且我们还在努力地保护它、培养它。

· 由于我们对自我的保护，从无始以来就习惯于执着自我，过分珍爱自我，所以哪怕别人对我们提出一点点的意见，我们都会不满意。

· 当别人对我们有一点点议论的时候，我们就会生气，内心会对对方有些不满甚至敌意，即使别人真的看到并指出我们的缺点时，我们也会抵触，因为我们已经习惯把自己的缺点当成优点了。

· 过于贪执亲人、追逐钱财、珍爱身体的同时，就会离心的本性越来越远。我们神识的真正归宿——就是心的本来面目，心里面的那个不生不灭、不增不减、不垢不净的究竟实相，达到这一种境界，才是我们的究竟归处。

· 我们不仅把自己的缺点当成优点，而且还固执地认为自己是正确的，所以谁都无法破除我们这种不正确的观点，这主要是因为我们的智慧不够，无法彻底认清自己。

· 在日常生活中，我们不要把自己看得太重，不要把自己的缺点当成优点，要时常观察自己的缺点。当我们遇到恶缘时，先别急着埋怨别人，先要检查自己的问题。这样，"我慢"才会慢慢降低，才能进一步摧毁"我执"。

· 我们考虑事情不能总是从自己优点的角度出发，实际上我们什么优点也没有，有的只是"我执"。

· 无始以来，我们由于无明等原因，不仅把自己的优点当成优点，还会把自己的缺点也当成优点来对待。无论我们处于何种地位、担任何种角色，哪怕仅是有人拿一根手指指着我们，我们都无法坦然接受。为什么呢？因为我们的自我保护、自我认可的意识太强烈了。

· 一直以来，我们都是"我执"的奴仆，手里的枪一直瞄向外境，把"我执"保护得完整无缺。现在学佛之后，佛陀提醒我们要调转枪口，瞄准"我执"这个真正的敌人。唯有无我的般若智慧，才能彻底摧毁"我执"。

·我们毕竟是凡夫俗子，我执一定是有的，不然我们早就解脱了。作为一介凡夫，修持佛法当然能减轻我执，如果在为人处世的时候能够特别大公无私，常常去服务他人，愿意为社会做贡献，这也是减轻我执的一个重要方法。

·我们一直习惯于珍爱自己，或贪执对自己好的人，厌恶对自己不好的人，不是贪执就是嗔恨，或者是愚痴，不仅在贪、嗔、痴中虚度了人生，还要在贪、嗔、痴中饱受折磨，造下很多恶业，这些的罪魁祸首都是我们自私的心。所以，我们要从无私开始，破除自私之心，发起无上的菩提心。

·摧毁"我执"并不是那么容易的事。只整天坐在佛堂里，躲避着那些对我们不好的人，然后点起灯，烧上香，面带微笑地念经持咒，自以为是在修行。然而实际上，我们的"我执"仍然很健康、很强壮。这样表面上的修行，实际是在滋养更坚固的"我执"。

·如果一个修行人任何时候想到的都是自己，那就说明他内心的我执非常强烈。我执有没有增长、有没有减少，并不取决于外在的变化，而是在内心中，在为人处世、接人待物的一举一动中。

·钱财只是一时的友伴，亲人只是半辈子的友伴，自己的生命也只是终生的友伴，佛法却是生生世世、多生多劫，乃至证得佛果为止永恒长久的明灯，佛法是甘露妙药，是菩提大道。佛法远比什么都重要，所以佛法才是宝中之宝，甚至无价之宝。谁不为佛教的真理感到震撼，那他就是没有真正理解佛陀的法教。

·在当今世界，人们距离慈悲、智慧、修证更加遥不可及，起心动念几乎都离不开贪、嗔、痴，言行举止更多是在造作恶业。

· 现在是末法时代，是21世纪，这个时代并不缺乏物质，最缺乏、最需要的是菩提心。大家可以观察一下四周，大多数人并不缺乏物质，却都不乏烦恼、充满压力，内心浮躁而空虚。为什么呢？就是没有获得心灵上的正确引导，这是现代人最可怜的地方。

· 如果我们不想得到痛苦和恐惧，不想受到伤害，首先就要以佛法的智慧去观察，认识到谁是伤害我们的幕后真凶？这个真凶就是我执。

· 我们静下心观察自己最大的烦恼是什么？嗔恨，欲望，还是我慢？我们一定会发现，自己的贪、嗔、痴、慢、疑毫不缺乏、非常丰富，这说明我们将来必然会继续轮回，且时间漫长、苦无脱期。如果我们此生不好好学习佛法，依靠佛法来战胜烦恼，扫清修行路上的种种障碍、磨难，未来一定会继续陷于轮回中无法自拔。

· 人们忙忙碌碌一辈子，可最后的结果是什么呢？人生短暂，生命无常，我们还有什么事情值得贪执呢？

·在这个欲望膨胀的时代，能让心灵宁静、潇洒、自在的真理是最重要的，而这样的良药只有在佛法里才能找到。

·现在很多人希望获得成就，希望成佛，但如果没有证得无我，不可能获得成就，因为我执是获得成就最大的障碍。但在证得无我之前，首先必须做到无私，才有资格成为大乘弟子。一个人不可能既是出色的大乘弟子，同时又是一个自私自利的人。

·在家的修行人要使佛法和生活达到一个平衡，对家人，对工作都要负责任，不能放下你的工作，不能逃避现实的困难，到头来学佛的成就也没有，连生活的保障也没有，这样生活状态越来越困难。学佛的人要知道什么是关键，要有少欲知足的心、慈悲心和利益他人的心，通过修持开启智慧，并放下对外物的执着，这是佛法的根本。

·如今随着经济的发展，不仅使得社会环境优美，而且人们的生活也十分富裕，这是非常好的现象。然而可惜的是，科技再发达、物质再丰富，都不能解决人们的精神上的问题：浮躁、忧虑、紧张、压力、空虚和不安。只有具备了慈悲和智慧，才能彻底解决自己和他人的精神问题。

·我们的习气和野心很顽固，如不加以克制和约束是非常可怕的。只有不断的调服、克制、约束自己，才会让心慈悲、柔软、包容。

·人类的价值不是体现在有钱、有名、有地位，这不是人类生存的意义，它只是人类生存的方式而已。人类生存最大的意义是有生之年，我们以一己之力，帮助了多少生命，利益了多少众生。

· 众生心中具备佛性的宝藏，而这宝藏取之不尽、用之不竭。但遗憾的是，大多数人千辛万苦地向外寻求，执着地认为幸福与快乐来自物质的享受。有些宗教主张众生的快乐与幸福是神赐予的，这种观念不究竟。因为越往外寻求，越远离内在的真理；越向外追求物质世界的享受，就越得不到内在的寂静、喜乐与觉悟。

· 很多人认为，做一个善良的人，多做好事多行善就行了，没有必要学佛修行。这样的想法是不究竟的，佛陀在经中提及，一位受五戒的居士所具有的功德和力量大于一百个善良人的功德和力量，可见学佛修行是如此重要。如果自己学佛的因缘暂时不成熟，做一个善良的人也是非常不错的。

· 谁能做到转心向善、趋向解脱、证得菩提，谁就能成为自己的救星；谁总是在转心向恶、取舍颠倒、沉溺轮回，谁就会成为自己的敌人。做自己的救星还是做自己的敌人，完全取决于自己的选择。

· 密勒日巴尊者曾经说过，无论你是对世间法执着，还是对修行的形式上执着，都是一样离不开执着。就像一个人是被铁链绑住，还是被金链绑住，其结果都是被束缚。

·从无始轮回以来到现在，由于我们被我执束缚，被烦恼折磨，被杂念干扰，同时被当今的种种压力和繁忙煎熬，所以我们的心一直未曾放过假，也从来未曾休息过。大家应该让烦恼歇息，让忧虑放假，以一颗平静、安宁、舒畅、祥和的心，与家人一起度过幸福美满的日子。

·如果没有战胜烦恼，就不能脱离生死苦海；如果没有摧毁我执，就不能踏上解脱大道。

知足是最大的富裕，少欲是最高的幸福，
无私是最美的装饰，无我是最大的自在。

第二章

一切改变从修心开始

ཁ་ཙོ་གི་ཁྲི་པ་ལ་ཡོད། །
ཙོ་བ་འརྒྱུ་ཡ་ལིག །

· 学佛能改变生命，修行能自我疗愈。

· 修行即是修心，把自己的心修得像水晶般清净，像棉花般柔软，像微风般轻松自在，生活也会自然而然地快乐起来。

· 世间人往往习惯把所有的幸福快乐寄托在父母、家庭、金钱、名闻利养等外在的条件上，却不知道幸福与快乐、真理与觉悟源于内心的本性。

· 我们很多外在的行为上的修行，都跟随着心。如果心一直在贪图私人的好处、执着此生的利益，那么无论修了什么样的法，念了什么样的咒，最终我们身口的一切付出，都只是成了增长对此生此世执着的一个助缘。所以，我们修行一定要从心开始。

· 如果听闻过很多佛法，却依然不能改正自身的毛病，这叫佛学，而不叫学佛。

· 无论感受幸福还是遭受痛苦，应当保持稳重和平静，这才是真正的修行。

· 得到赞美时，不应沾沾自喜；受到诽谤时，不应沮丧失落。无论得到恭敬还是受到藐视，应当保持沉稳和宁静，这才是真正的修行。

· 如果在这个社会上出现了恶缘，我们受到谩骂、侮辱、指责、欺负、诽谤等伤害，应该发自内心地感谢，这使我们消除很大的罪业，于瞬间令我们远离种种障碍与违缘。这也会令我们成长和坚强，更进一步提高自身的成就，所以实际上恶缘对我们的恩德远远超出顺缘对我们的恩德啊！

· 身处顺境时，不应得意忘形；遭遇逆境时，不应心灰意懒。

· 佛法能否利益自己，就是要看能否断恶；佛法能否利益他人，就是要看能否行善。我们修学佛法很久，如果连恶行都不能断除，那怎么能行善呢？我们修学佛法很久，如果连自己都利益不了，那怎么能利益他人呢？

·无论世间的生活还是出世间的修行，内心的修养和证悟才是真正的佛法，其余的以身和语所付出的一切，只不过是形式罢了。当然，修行的形式也很重要，尤其是对于佛法的初学者而言更加重要。

·修行的形式就像我们喝茶时使用的容器一样，没有这个容器我们就无法喝到茶，但我们要知道，仅仅有容器而没有茶水，也是不行的。仅在修行的形式上过于投入和付出，而在成就上没有任何进展和提升，那也没有太大意义了。

·理解你的人，不需要解释；不理解你的人，解释无用。无论别人在背后怎么看你、怎么想你、怎么说你，都不解释。

·弘一大师对于吃亏有着自己从佛法的角度出发的独特见解，他曾这样来评价君子与小人的区别："我不识何等为君子，但看每事肯吃亏的便是。我不识何等为小人，但看每事好占便宜的便是。"

·让心如棉花般柔软。如果我们修行后，心变得柔和、善良、积极、稳定和安宁，以智慧与他人相处和合作，这就是如法修行所得到加持的一种表现。有些人修行之后，心不但没有变得柔和，反而变得强硬、孤傲，我慢很强，目中无人，非常喜欢宣扬自己、批评别人，这是修行不如法的一种征兆。

·我们在修行时，不要顾及自己的面子，越不好的习惯和习气越要去除，要让自己变得柔软、仁慈、积极、随和，有胸怀，有勇气，敢于承担责任，愿意为他人付出和贡献。实际生活中若能做到这样，这就是真正的修行。

·一个人能做到吃素相当不容易，我非常随喜赞叹！但是，千万不应该因为自己能做到吃素而对他人不吃素起邪见。我们毕竟是凡夫，所以总是自以为是，自己做到的事情，发现别人做不到，就立刻有反应。我们想一想这样的修行如法吗？这是不是成为修行的障碍了呢？

·修行就像打理鲜花一样，无论什么人看到，什么人闻到，都会带给他人欢喜心。

· 佛法不是用来观察他人、评判别人的工具，而是用来改造自我、净化自我、降伏自我的方法。

· 我们不能总是拿自己的优点去跟别人的缺点比，而应该拿别人的优点来跟自己的缺点比，这样才会发现自己人格上的问题和修行上的不足。否则，我们永远发现不了自己做人和修行上的很多缺点。

· 不怕犯错误，只怕认识不到错误。错了，并且意识不到，那每一次错误都是退步；错了，能觉察到，那每一次错误都是前进的助力，每一次错误都是成长的经验。

·无论别人是好心好意地，还是恶语相向地指出我们的不足，只要能帮助我们发现自身的缺点，这就是最好的结果，也是修行人最希望得到的结果。修行就是要改掉我们身心的缺点。

·修行应该从家庭、道德开始做起，学佛修行是建立在道德之上的。做人的素质很重要，心地善良、为人豁达的人容易成就。如果不具备做人的基本素质，不遵从做人的基本道德，学佛不会有太大的帮助，因为不具备学佛的基础。

·学佛的基础是先要做一个好人，一个有道德、有涵养、不自私的人，这点相当重要。

· 如果我们能在与他人相处的过程中，照顾、关怀别人，彼此和睦、团结、开开心心，这就是最好的修行的基础。在具备一个好人的素质和修养基础上，深信因果、树立正知正见，并将佛法与生活相结合，如此修持的效果远远超过自己一个人躲避在佛堂里盲修瞎练。

· 利益他人从家庭开始。我们组成一个家庭相当不容易，所以，无论夫妻、子女、母女、父子之间都一定要和睦相处，彼此照顾、关怀，各自负好家庭的责任，这就是我们学佛修行的基础。

· 对于我们初学者来说，无私地帮助一切如母众生有一定难度，但可以先从家人开始做起——当父母责骂我们时，我们可能会立刻烦躁，在我们还嘴之前，先想一想小时候父母帮我们擦屎擦尿的情景，想一想当年父母在寒风中站在学校门口接我们放学的情景，我们要能想起这些，父母再怎么骂我们也不会起烦恼。

· 为他人诚心服务，是最好的布施；为他人无私付出，是最好的积德；为修行全心奉献，是最好的供养。

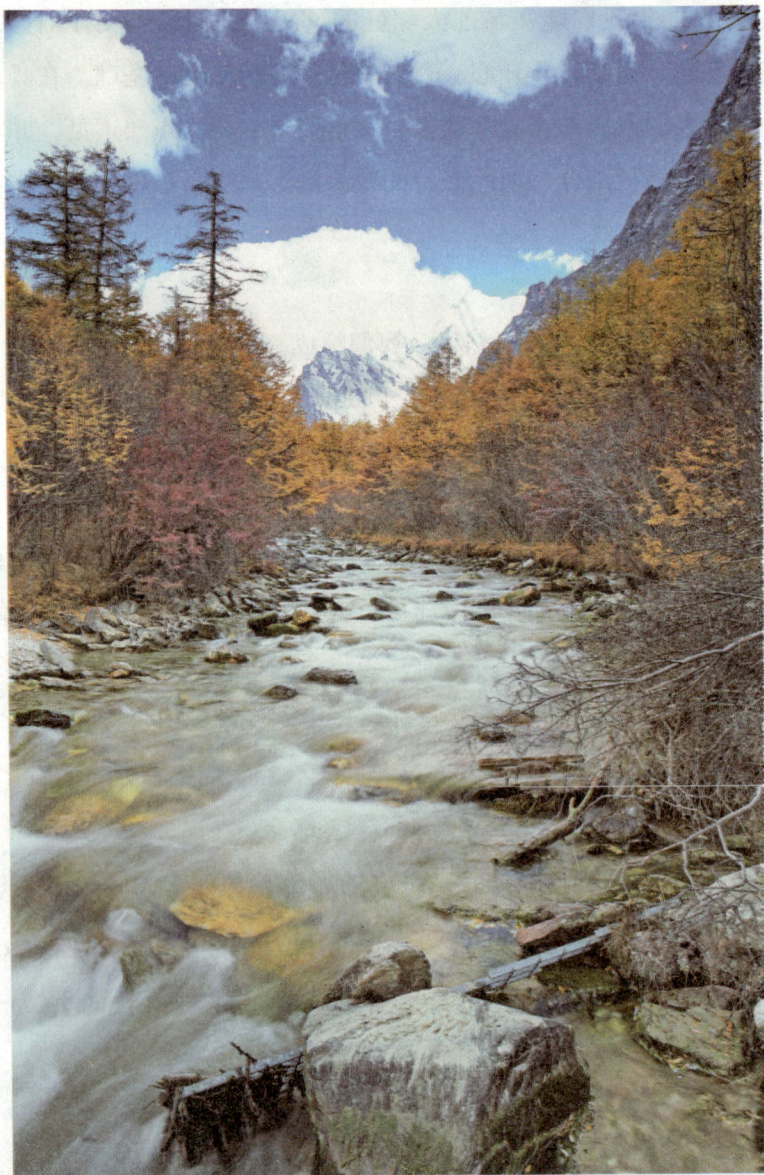

孝顺父母，

尊敬长辈，

恩人记心，

家庭和睦，

夫妻包容，

教好子女，

善于待人，

这些既是做人的基本道德，

也是一种修行。

·积累福德还有一种方法，是"六和敬"。六和敬就是身和同住、口和无诤、意和同悦、见和同解、利和同均，以及戒和同修。

·做人不在利，有德则贵；修行不在名，有道则妙。

·听闻佛法能远离无知之障；思维佛法能破除疑惑之暗；修持佛法能现证心性之智，这就是闻、思、修佛法的价值所在。

·对人真诚，要有聪颖，而不等于愚痴的善良；对人包容，要有原则，而不等于对他人放纵。

·真诚源于感恩：无论众生以顺缘的方式利益我们，还是以逆缘的方式伤害我们，都会使我们成长、坚强和成就，所以对我们恩德很大，我们对众生应真诚敬重。

·包容来自平等：无论任何民族、任何宗教和任何信仰，都怀着同一个梦想而共存于同一个世界，地球是一个大家园，我们应该相互包容、和谐相处。祝福众生安乐！祈愿世界和平！

· 如今人们的忙碌，不是源于工作，不是源于生活，而是来自于欲望。就像六祖慧能大师所说："不是风动，不是幡动，而是心动。"

· 对于智者而言，钱财是积累功德的一种资粮；对于凡夫而言，钱财是诱惑、是包袱，是产生欲望、贪执和导致祸害的因素。

· 幸福，不在荣华之中，不在富贵之中，在精神解脱的觉醒里，照耀着快乐的光明。

· 假如快乐与钱财不能并存的话，请问您愿意选择快乐还是钱财？

· 古人云："善用之为福，不善用之为祸。"我们需要以一颗觉醒的心来看待物质与钱财，善用钱财做更多有意义的事。我们追求钱财，应当为"需要"而奋斗，而不应该为"想要"而奔波。

· 钱财只是生存工具，不是生存意义。只有具备智慧和慈悲的人才能成为钱财的主人，让钱财真正展现它的价值。如果没有智慧，不仅不知如何善用财产，还可能因此引发灾祸，甚至失去生命。

·钱……活着时是你的财产，死了以后是你的遗产。人在棺材，钱在银行。不如活着时用钱多行善，把福德都存在天堂。

·人应该被给予的是爱，而物质只是为人使用而已。世界之所以颠倒，是因为我们爱上了物质，物质却在利用人。

·看事物的角度，决定了你对事物的认识。

·状态很好时，不宜做太多功课；状态不好时，不宜做太少功课。重要的是：持续不间断地去做，这就是中道。

·当学佛是一种乐趣时，修行是一种享受；当学佛是一种义务时，修行是一种苦役。

·人生，到底是修行还是惩罚？当我们战胜了烦恼，人生就是一场修行；当烦恼战胜了我们，人生就是一种惩罚。

·生命的价值不是由我们的呼吸来衡量，而是由我们停止呼吸的那一瞬间来衡量。

· 人的一生是行善还是造业，不取决于外在的行为本身，而取决于以什么样的心态去做事。无论做什么，为了利益他人的一切行为都属于行善，为了一己之利而欺骗或伤害他人的所作所为都属于造业。

· 修行的考验有很多种，但最根本的就是慈悲心。

· 心间既有烦扰彼此的心，嘴上又有刻薄的话，如此为凡夫；心间虽有烦扰彼此的心，但嘴上无刻薄的话，如此为行者；心间既无烦扰之心，嘴上又无刻薄之话，如此为菩萨。

· 有些人外表、言行中处处以佛教元素作为装饰，其实内心却丝毫没有被佛法的真谛所熏染。

· 罂粟，美丽与邪恶并存：罂粟的花朵娇艳欲滴，十分美丽，可是从罂粟果实中提取制成的鸦片却万分邪恶。吸食鸦片使人兴奋，出现美好的幻觉，但是长此以往，毒害了我们的肌体，使人生不如死。我们做人绝不能像罂粟一样，前后不同、表里不一。

· 我经常提醒自己要时时观察：和很多人在一起时，要观察自己所说的话——有没有得罪别人，有没有诽谤别人，有没有议论别人的是非；而当自己独处的时候，则要观察心中有没有生起违背佛法的念头，有没有生起不如法的念头，有没有生起贪、嗔、痴、慢、嫉。

· 一个人福德增长的征兆就是处处看到他人的优点，常常赞美他人的功德；一个人福德减少的征兆就是处处看到他人的缺点，常常诽谤他人的过错。

· 赞美，就是拿他人的功德来庄严自己；诽谤，就是拿他人的过错来毁灭自己。

·毁灭人只要一句话，培植一个人却要千句话，请你多口下留情。

·当你幸福时，若幸福建立在他人痛苦之上，这不叫幸福，而是造业；当你快乐时，若快乐会导致痛苦，这不叫快乐，而是痛苦尚未成熟；当你富有时，若财富源于不正当行业，这不叫富裕，而是累债；当你自感聪明时，若聪明用于自私，这不叫聪明，而是愚昧。真正的幸福和快乐，因为不立于恶，所以不生苦。

·这个世间有三件事不能等：孝顺父母、积德行善、修行佛法。

·俗语说："生前一滴水，胜过死后百重泉。"为人子女要赡养孝顺父母，应该在父母生前恪尽孝道才对，如果等到亲死下葬后才大肆祭拜，这样的孝道就太空泛了。

·如果不接受挑战，就不可能改变。

·没有永远的嗔敌与爱亲，其实，我们此生非常贪着的亲人，彼此之间的关系也是暂时的、变化莫测的。

君子六德

做人：对上恭敬、对下不傲，是为礼；

做事：大不糊涂、小不计较，是为智；

对利：能拿六分、只拿四分，是为义；

恪律：守身如莲、香远益清，是为廉；

对人：表里如一、真诚以待，是为信；

修心：优为聚灵、敬天爱人，是为仁。

·不要让别人的一次过失，惩罚自己一辈子！放下别人的错，解脱自己的心。

·有些人恭敬佛陀，却厌恶众生，这是错误的。俗话说：恭敬不如从命。佛陀对我们的要求不是恭敬，而是从命。"诸恶莫作，众善奉行，自净其意。"这才是佛陀的法教。作为佛弟子，必须依教奉行，听从佛陀的命令。如果既伤害众生，又不孝敬父母，对家人、同事也不负责任，却对佛像虔诚地合掌顶礼，这叫虚伪。

·佛祖从来没有说过，谁对我好我就高兴，我就庇护谁，加持谁。很多经典和论典当中说："没有比使众生欢喜更能令佛欢喜的事。"所以我们应该诚心对待他人，凭良心做事，力所能及地帮助别人，善待一切生命，这才是令诸佛欢喜的事，才能真正得到佛的庇护和加持。这就是"心诚则灵"的道理。如果一个人，对父母没有孝心，对他人没有诚心，对生命没有爱心，那么他在佛菩萨面前烧香、供花和供灯又有什么实际的意义呢？

·世上没有人能伤害你的心，也没有人能治疗你的心。唯有自己才能伤害自己，唯有自己才能治疗自己。这就是佛陀所说的"自己是自己的救星，自己是自己的仇人"。

·幸福就是人生三乐：知足常乐、助人为乐、自得其乐。

·不要埋怨别人对自己不好，要怪你自己私心太重。

·你永远无法满足所有人，只能对人、事和物做到自己问心无愧就好。

·人赞不过喜；人讥不伤悲；善持自功德；正士夫性也。

·当你富裕的时候，你不应该感到得意和骄傲，因为这些钱财并不一定是依靠正当的行业而获得，很可能是累债，乐极生悲！当你贫穷的时候，你不应该感到沮丧和难过，因为你的钱财来源正当，生活不违背道德，很可能是还债，苦尽甘来。无论你的生活富裕还是贫穷，如梦的人生中，其实都是一样的浮云，我们不应该过度地骄傲或沮丧，平静地对待就好。

·我们应该珍惜自己已经拥有的东西，同时，不要贪执不属于自己的东西。珍惜自己所拥有的人常常会幸福，贪执不属于自己东西的人往往会烦恼。

· 不要让你的手指一直在电脑键盘上和手机屏幕上忙碌、劳累和辛苦，有时要给它一点时间，让它休息一下，放放松。

· 当我们活着的时候，似乎觉得死亡与我们无关，同样的，当我们死的时候，活着时的一切美好也与我们丝毫无关。

· 我们与人交往，就像吃榴莲，不被外表假象蒙蔽，诚心交流。

· 冬去冰雪融，春来溪泉涌。迷过诸相离，悟到本性现。

· 当我们完全认识了真实的自己时，同时也认识了佛。

·我们得到世间人的认可，并不意味着是真实的，而得到圣者们的认可，才是真正的真实。

·经常有学生问："轮回的本质是痛苦。人生既然是苦的，又怎么能乐观起来呢？"其实，人生是苦是乐，取决于自己。若为一己之利而烦恼，人生就是痛苦的；若为他人福祉而劳碌，人生就是快乐的。

·如今由于缺乏道德的教育，孩子们只在乎权和钱，如果这样下去的话，那么孩子们的未来还会有和平和幸福的希望吗？

·有人问我，在生活中，我们应该如何护持我们的身、口、意？守护身口意：独处时管好行为，在众人之中时管好嘴巴，任何时候管好你的心。运用身口意：生活中，我们要时刻观照自心、口不离祈祷、行不离利他、心不离慈悲。

·世界如此变迁，社会如此复杂，人生如此浮躁，我们需要内心保持淡定、豁达、放松、洒脱和释放。

·生活的乐趣取决于心态，而非取决于物质的价值。

一个印度人看见一只蝎子掉进水中团团转，他当即就决定帮助它，他把它捞上来时，蝎子猛然蜇了他。但这个人还想救它，他再次伸出手想把它捞出水面，蝎子再次蜇了他。一个人问："它这么蜇你，你还救它？"印度人说："蜇人是蝎子的天性，爱是我的天性，怎么能因为蝎子蜇人的天性而放弃我爱的天性呢？"

·水越有深度越沉静，人越有内涵越沉稳。

·火车上，几个藏人同一车厢，他们把从家带的特产分给全车厢的人，当人们冷漠地拒绝时，他们流露出一种单纯的眼神，用不太标准的普通话说："干净的，好吃。"总是这样矛盾，当你去相信时，被骗得遍体鳞伤，当你习惯性地怀疑时，却偏偏有人那么善良，让你觉得对他们的怀疑其实是反映出自己的内心那么肮脏。

·正是因为我们自己的心不清净，有染污、无明，才会看到别人的过失，看什么都充满染污。因此，我们不要观察别人的过失，而是要多观察自己的过失。

·什么才是最有福报的人？真正爱劳动、愿意无条件为他人付出的人才是最有福报的人。只贪图享乐的人，则会乐极生悲；而爱劳动、为他人服务的人，将会苦尽甘来。

· 我们的生活中可以没有宗教和信仰，但不能没有慈悲和智慧。

· 拥有智慧的人常常化解矛盾，缺乏智慧的人往往制造麻烦；怀有慈悲的人处处积累福德，缺乏慈悲的人往往消减福德。

· 水随顺不同的器皿显现为不同的形态，遇方则方，遇圆则圆；修证道德的人也应如此，遇到善人时，以善的方法来引导，遇到恶人时，以恶人接受的方式来度化。

· 水具备非常大的毅力，如果每一滴水都滴到坚硬的石头上，久而久之连石头都穿透了，这就是所谓的水滴石穿。我们人类也应该有这样的毅力，做任何事情时，无论如何，要做到坚持，直到成功为止。

· 无论前方是悬崖还是坎坷，水都毫不犹豫地勇往向前，形成瀑布、江河与大海。人也应该具备如此的勇气，坚毅地面对、对治、接受以及转化人生路途上遇到的挫折和逆缘。最终，战胜一切，转化逆缘和障碍为顺缘，就如同让水流入大海一般。

· 一个没有信心的人，永远进不了佛门；一个没有智慧的人，永远渡不过苦海。

· 西藏有一句谚语说："即使你有佛菩萨的证悟，你的生活方式也要随顺众生。"

· 佛弟子问："上师，您最大的新年愿望是什么？"如果问我，我最大的新年愿望是什么？我一定会说，在这新的一年里"不伤害任何众生"是我最大的新年愿望。我们无法救度众生，但至少可以做到不伤害生命！我在上师三宝前经常发的第一个愿就是：愿我生生世世不伤害任何生命！

第三章

生命绝不是偶然

ༀ། །ལག་ཏུ་བྱ་བ་ཆོ་ག་དང༌། །

ཆེ་བའི་ཆོ་ག�

དུས་འཁོར་གྱི་མདོར་བྱས།

· 我们有没有思索过人身难得？有没有思索过我们的人身是怎样获得的呢？我们这个人身是侥幸或者碰巧得到的，还是多生多劫以来，行善积德才能获得的？这些问题大家有没有思考过？

· "人身难得"是皈依后，首先接触和学习到的佛教内容。为什么每位上师都不厌其烦地讲解、强调"人身难得"呢？并非仅仅因为它是佛教的基本理论，而是因为我们从来没有思考过自己的人身是如何得来，又将去往何处。正因为如此，我们永远陷在轮回中流转却浑然不知。

· 了解"珍贵人身"的价值十分重要。我们自身已经具备了种种的条件，已经拥有珍贵的暇满人身却不认识、不珍惜，自己一直拥有的东西体会不到，还要向外寻找"一个重要的东西"来满足自己的需求，是多么愚昧。实际上我们的身体是一个完美、圆满的人身。

· 一切众生都具有如来藏，也就是大手印境界。不仅是人类，鸡鸭等家禽牲畜、凶残凶猛的野兽、地狱的罪人，甚至魔鬼的心中，也都怀有如来藏。换句话说，一切众生原本都具有成佛的因。然而，只拥有成佛的因而没有人身也是成不了佛的。所以，要珍惜我们现在的暇满人身。

· 我们所拥有的珍贵人生，并不是让我们用来做毫无意义的事情，也不是为了让我们奢侈享受，而是我们挑战烦恼、降伏自心、发挥爱心、启迪智慧、修行解脱之道的大好时机。让我们共同珍惜宝贵的人生，千万不要错过良好的机会，也不要浪费有限的时间和福报。

· 生而为人的责任不仅是学习、事业、赚钱、升官、掌权和出名，也不仅是丰衣足食、安居乐业。更应具有高尚的品格，能够做到尽己所能地去服务他人，并逐步成为一个圆满自利利他、自觉觉他、自度度他的大丈夫，进而成为一个充满慈悲和智慧的觉醒勇士，这才是一个堪称真正的人应尽的责任。

· 经常观察动物的生活，会对我们大有裨益。畜生道的众生本身已是愚痴至极，却还自相残杀，不断造业。因此，它们只能在恶道中越陷越深，无法自拔。而我们身而为人，有智慧、有思维的能力，现在还遇到佛法，能听闻上师们传的口诀，以后该怎么做，应该非常清楚。所以，请珍惜！

· 珍贵的人身，不是为了随波逐流、沉溺轮回，而是为了了脱生死、觉悟佛性。

· 如果你真的爱自己，首先应该给自己找一剂精神良药，在繁忙竞争的社会里，使自己内心得到充实、保持宁静和充满祥和，永远幸福快乐，这才是真正懂得爱自己的智慧表现。

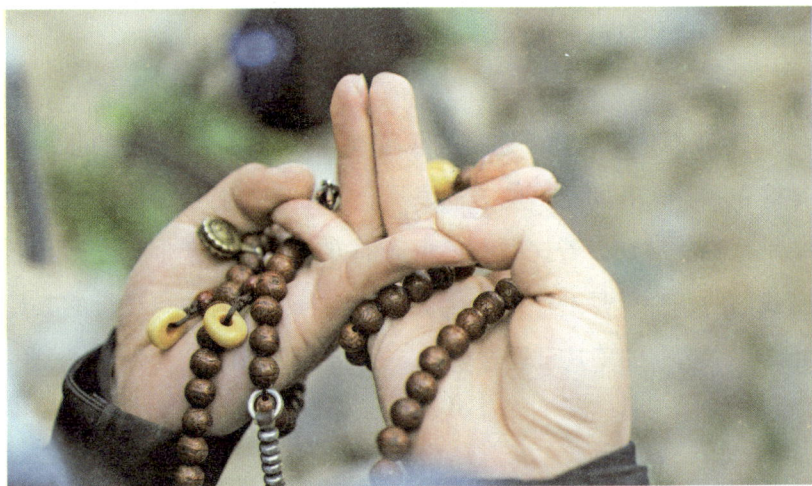

·一位印度老人对孙子说，每个人的身体里都有两只狼，他们残酷地互相搏杀。一只狼代表愤怒、嫉妒、骄傲、害怕和耻辱；另一只代表温柔、善良、感恩、希望、微笑和爱。小男孩着急地问："爷爷，哪只狼更厉害？"老人回答：你喂食的那一只——你的心所朝的方向就是你未来人生的路！

·佛陀曾说过："自己是自己的救星，自己是自己的敌人。"在如今的这个时代，我们变成自己的救星，还是变成自己的敌人，取决于我们自己心的发展方向。

·如果我们的心朝着觉醒的方向发展，那么我们就是自己的救星；如果我们的心朝着欲望的方向、朝着烦恼的方向发展，那么我们就是自己的敌人。

·我们是彻底觉悟还是彻底堕落，完全取决于自己的心，就是这一颗心，若朝正面的方向发展，产生良性循环，那么觉悟的结果就容易出现；若这颗心朝负面的方向发展，产生恶性循环，则我们的一生就是造业的人生。这个人身是成为一个修行的工具还是一个造业的工具全凭这颗心。

· 只要我们自己的心真实地转向了修行，便能在实际生活中保持清醒和乐观。虽然外在与其他人无异——上班、养家、做生意、赚钱，但心态却大不一样。因为得到了佛法的引导和加持，所以不管遇到什么样的违缘，皆可随遇而安，人生将会变得轻松且富有意义。

· 我们已经获得了暇满人身，在漫长的人生旅途中，如果不能及时得到善知识的引导、摄持与敦促的话，那么，受往昔世强大的不良习气影响，我们只能流转在轮回的苦海中不由自主地受苦受难，无法自拔。所以，依止具德的善知识是多么重要啊！

· 都市中人来人往、车水马龙，在科技进步的同时，人心却愈发落寞。修行可以填补人类灵魂上的空虚，成为一剂良药播种在心灵的土壤，使干涸的灵魂得到滋养的同时，善良的本质也会因此而开花结果。希望通过修行，可以给浮躁的灵魂以慰藉，疲惫的心灵以温暖，忙碌的生活以清凉。

· 如果蛋壳由于内力而破碎，生命从此开始。伟大的变化源于内在！

· 我们所拥有的暇满人身应该成为解脱的工具，而不应该
成为造业的工具。如果从早到晚，行、住、坐、卧的任何时候，
我们都能为他人着想，毫无企图地利益他人、毫无索求回报地帮
助他人，菩提心就会逐渐增长。

· 人类一辈子都在追逐，追逐，追逐……只是没有向内追
求心的真相。

· 很多人都听闻过许多佛法知识，但是却缺乏实修。这并
不是指我们不愿意修行，而是由于我们被强大的习气所控制。有
些人想修，到了要开始修的时候就想做别的事，有些人将今天的
功课拖延到明天，明天的功课拖延到后天……一直这样拖延，时
间就这样慢慢流逝，宝贵的人生就这样慢慢结束了。

· 佛教并不反对拥有暂时安乐，但是真正追求的是究竟
解脱。如果我们能够同时具备暂时安乐和究竟解脱当然最好，
但在二者不可兼得时，我们可以失去暂时的安乐，必须选择究
竟的解脱。历代很多成就者都是这样抉择的，虽然他们没有物
质的享受，没有奢侈的生活，生活简朴，甚至艰难，但是他们
取得了究竟的解脱，获得了永久的安乐。

根除嗔恚，就不再有地狱道；

根除贪欲，就不再有饿鬼道；

根除愚痴，就不再有畜生道。

自己将来会不会堕落三恶趣，

取决于有生之年是否有将贪、嗔、痴的烦恼解决、根除。

· 我们应该趁着死亡未至，身体还算健康，从当下开始，放弃追求世间名利，言行举止都依佛法而为，让佛法融入自心。若是能这样，身口意就会渐渐清净，不造作恶业的同时幸福地生活。

· 如果我们发现自己造作的恶业少了，行持的善法多了，那就说明我们离佛更近了一些，脱离轮回的机会也更多了。

· 随着时代的发展和经济的腾飞，当今很多学佛人生活条件优越——住处宽敞、环境优美，有庄严的佛堂和昂贵的佛像、法器及各种珍贵的佛珠。表面上看来似乎具备学佛的条件，然而实际上内心并没有转向佛法，也没有踏上通往解脱和趋向菩提之路，只是沉迷于佛教的外表形式。这也只不过是陷入了另一个极端罢了。

· 作为一个真正的修行者，可以谋求生活所需要的东西。但是现在很多学佛人不是在追求"需要"，而是在追求"想要"。

· 如果我们从未听闻过菩提心的殊胜窍诀，也没有能够精进修持菩提心的法门，那么即使拥有天下所有的财富，名望与权威遍满了三千大千世界，取得了世间令人敬佩的成就，对于解脱生死也都是毫无意义的。

· 失去所有不是问题，关键是放下的心。

· 我们付出了时间和精力学习佛法知识、修习佛法仪轨，如果未能保持少欲知足的心态，没有出离心、虔诚心、爱心和智慧，那么学佛的目的和意义何在？我们学佛和修行难道不是为了获得内心的改善和解脱吗？

· 出离心跟厌烦心不同。有些人嘴上说对轮回感到厌离，想出家，逃避对家庭、工作、社会的责任，这不是出离心，这只是厌烦心。还有些人破产了、失恋了、生病了、对人生失望了，就选择到庙里去修行，这也是逃避，不是出离心。出离心是积极的，不是消极的。

· 真正的出离心不在于表象。如果我们深知世间的一切名闻利养、荣华富贵都是轮回的表象，本质都是痛苦的，内心深处就能生起真实无伪的出离心。

· 我们学佛修行的唯一目的，并非是要比别人更伟大，而是应该无私地奉献和更好地服务于众生，并充满爱心与和谐。连释迦牟尼佛都经常照顾病人，这充分体现了佛陀的慈悲与爱心。佛陀是我们的导师，也是我们的榜样啊！

· 修习佛法，最重要的是培养慈悲心和智慧，至于念了多少咒语，磕了多少头，佛堂布置得有多精美，这些都是外在形式，是我们修行的助缘。这就好比我们在野外搭帐篷一样，帐杆是整个帐篷的支柱，有了帐杆的支撑，再依靠防风绳、地钉等工具才能把帐篷搭建起来。如果没有帐杆的支撑，有再多的防风绳和地钉也派不上用场。修习佛法也是如此，必须有慈悲心和智慧的支撑，才能最终走向解脱和证得菩提。

· 学佛人不需要别人对自己恭敬和感恩，需要的是自己对他人感恩、真诚，和利他之心。有了这些，我们对他人的付出才是真实的福德；没有这些，我们的付出是虚假的，得到的结果也会是虚假的。

· 无论是佛教徒还是非佛教徒，谁的自相续中具备大乘的思想和精神，谁就是伟大的。大乘行者吃素的态度纯粹是为了爱护和拯救生命的利他之心，是大慈大悲之心。大乘行者吃素的态度是对众生生命生起真实无伪的菩提心而吃素，也是对众生生命的尊重而吃素。

· 孝敬父母和利益众生是最有保障的积累福德，俗话说："让父母欢喜是报恩，让众生欢喜是行善。"所有积累福德的方法当中，最殊胜的方法就是修慈悲心、发菩提心和行菩萨道。

·佛法强调的是心态，是利他之心，而不是行为。有利他的行为不一定有利他之心，利他之心是指心态而不是指外表。我们可以改变各种发型，也可以把指甲涂得花花绿绿，或者穿着稀奇古怪的时装，佛法都不反对这些，其关键是要有利他之心。

·你不可能利益到每一个人，但你总是应该去最大利益那个值得利益的人。

·虽然菩提心是究竟佛果之根本，但菩提心也不是无缘无故地自然生起的，而是具足慈悲心的基础才能产生。若不具足慈悲心，菩提心无法可言。同样的道理，若不具足善良真诚之心，慈悲心也无法建立。连一颗真诚善良之心都不具备的话，还想修成菩提心，就是好高骛远，这确实有一点不太现实。

·伤害我的不是敌人，而是罪业；打败我的不是鬼神，而是烦恼；毁灭我的不是妖魔，而是我执。罪业来自烦恼，烦恼源于我执，我执又是由自我珍爱、自我保护和自我执着的无明而产生。我们修行的目的，归根结底就是破无明、断烦恼和除我执。

· 有人问我什么是世间法？什么是佛法？为自己此生此世的利益而做的一切努力都是世间法，为他人的利益、为获得解脱、为证得佛果的一切努力就是佛法。

· 最容易成就自己圆满觉悟的是利他之心；最容易致使自己彻底毁灭的是害他之心。

· 当我们保持中道时，修行比想象中成功；当我们堕入极端时，修行比想象中失败。修行是成功还是失败，取决于你的见地。

· 无论是千姿百态的众生界还是广大无边的器世界，一切诸法对于我们来说都是幻觉，是错乱，都是因我们的迷惑颠倒才显现的。实际上没有一个真实的东西，没有一件值得执着的事，一切都是如梦般的。

· 我们要在心中建立正知正见，要用正面、乐观的心态来培养自己的清净之心，发挥内在的爱心，唤醒沉睡中的佛性。

· 我们由于无明、愚痴的关系，一直在往外追求快乐与幸福，不相信快乐与幸福的源泉在内心，所以无法认识自性光明。就好像眼睛虽然看得到森罗万象、山河大地、形形色色的万物，却始终无法看到离自己最近的眼球。

· 缘起即是空性，空性即是缘起！

　　·每个众生都具有佛性，然而众生的佛性被无明烦恼遮住，就像太阳被乌云遮住一般。只有通过实修实证才能够将自己的本能发挥出来，将如同太阳一般的佛性展现出来。成佛并不是说我们去一个没有去过的地方，也不是得到一些没有得到过的东西，而是我们心中原有的潜能全然地显露，是我们的心彻底清净，是我们的灵魂回归于心性本初，并获得寂静、安宁和自在。

· 一些学佛人经常错误地对待学佛的目标，总是期盼着世间美好的现象出现，比如：追求神通、执着梦境，盼着好运气和各种奇迹发生，还有的求升官发财等，这些想法是错误的。我们在修行的过程中，如果内心没有平息烦恼，出离心、慈悲心和智慧心没有任何增长，无法战胜我执的大魔，即便出现了各种瑞相又对我们解脱和成就有何用处呢？只不过是自欺欺人罢了。

· 相对而言，我们有所获得，同时也有所失去，有得有失，有增有减，有生有灭；绝对而言，我们既没有获得，也没有失去，无得亦无失，不增不减，不生不灭。因为有得有失，所以患得患失、欲罢不能，这就是轮回；因为无得无失，所以无忧无虑、逍遥自在，这就是涅槃。

· 放下和解脱的真正含义：从无始轮回以来，我们身上的习气超载，语上的罪业超载，意上的烦恼超载，每一世的生命感受的痛苦超载。通过实修佛法和无私奉献来减轻这些重量，这就是放下，通过禅修和保持觉醒来释放一切束缚，这就是解脱。

现在有些人为了物质利益，为了男女情感，甚至为了寻求刺激而拿人身去冒险，甚至付出生命都在所不惜，这样失去人身的人是很多的。从佛法的角度看这样的行为非常愚痴，非常令人痛心。世界上还有什么东西比暇满人身更重要？一旦失去，就很难再获得了。请大家好好珍惜人身，祝大家健康愉快！

- 生命绝不是偶然 -

第四章

莫以执着心贪恋无常事

ༀ ཉི་མ་ཤེར་ཕྱག །

ཞི་བདེ་བདེ་ཆེན་

· 藏地有个习俗，死者的碗要倒扣着放。很多修行者在晚上睡觉前也会把碗扣过来放，以此提醒自己：很可能明天早上没机会起床了，也许三更半夜就会死去，于是心念自然会转向佛法。真正的修行人会主动通过这样的方式来时时刻刻提醒自己观修无常。

· 有时，我们需要清醒一下，真诚地问自己："如果我今晚就去世，该怎么办？"环顾一下我们追逐的事物，我们纠结的事情，还有意义吗？

· 要知道轮回里的一切都离不开无常——高者必堕、聚者必散、生者必死、积者必尽。

· 我们的人生好比是一头牛，正被一个屠夫带向屠宰场，每走一步都离屠宰场更近一步。死亡就像屠宰场，正在年复一年、日复一日地接近我们。人生只有直播，没有重播。请珍惜并善用。

·对世人而言，这个世界是一个完全不确定的环境。第一，死亡时间不确定；第二，死亡因素多；第三，生存因素少。还有些东西本属于生存因素，如食物、药品、房子等，却随时都可能演变为死亡的因素。

·即使我们走遍整个轮回世界的每一个角落，也找不到一个不死之身。一切轮回中的凡夫，都无法逃避死亡。就连佛陀也亲自为我们示现了圆寂，表演了涅槃，这是为了警醒我们，让我们明白死亡无常的道理。

·无常可以分为粗大和细微两种。粗大的无常是指四季的变化，一个人从童年到中年、晚年的变化，白天和夜晚的变化等，而细微的无常是我们难以觉察的。

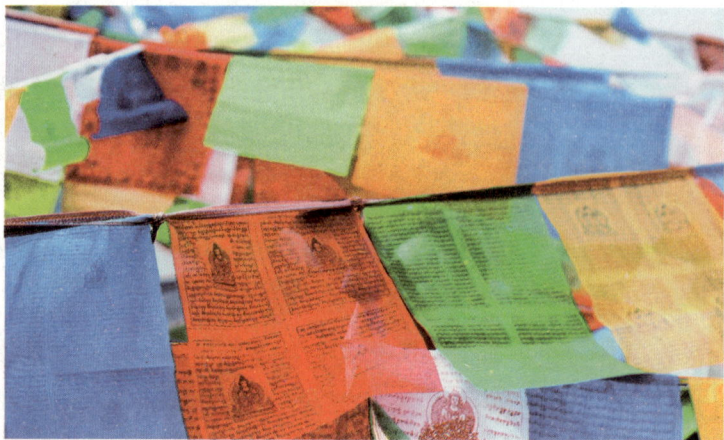

· 一切靠因缘和合产生的东西，或者说由各种条件相结合而产生的东西，叫作"有为法"。我们的身体是依靠父母的精卵结合而产生胚胎，生下来以后身体又依靠大自然的地、水、风、火等元素的结合而成长，属于有为法。有结合必有离散，因此必定会死亡。

· 如果我们心中没有任何死亡的感受，绝不会为死亡做准备，而一直会为生存做准备——工作怎么发展、家庭怎么维持、怎样才能赚更多的钱等。我们的思想就会在这些事情中散逸，生命就会被这些事情所浪费。所以，一定要真实地感受死亡无常，才会为死亡做准备。

· 我们随时都可以进行无常的思维，比如眼前正在燃烧的一支香，烟在一点一点飘散，香在一点一点缩短，最终会消失，变成一堆灰烬，这就在向我们演说着无常的真理。

· 我们回顾自己的成长历程：我们四五岁的时候属于童年，而童年从何而来？从幼年而来，这其实也就意味着我们的幼年消逝了，所以才进入了童年。同理，我们的童年消逝了才会进入青少年，青少年消逝了才会进入中年、晚年。命终死亡是属于粗大的无常，从细微无常的角度看，消亡实际上每时每刻都在发生。

· 当我们想要去旅游的时候，都要提前做充分的准备和计划。比如筹路费、办签证、订机票、订酒店等。然而，我们从未想过为死亡做任何准备和计划。其实所有旅程中，死亡的旅程是最关键、最值得准备的。死亡的旅程非常孤独、陌生、恐惧、错乱、迷惑，我们更应该做好准备，可是却不被在乎和重视，这就是我们人类最无知和愚痴的表现。我们对生与死一无所知，不知自己从何处来，也不知自己去向何方。

· 每一分、每一秒，当下的每一刹那，我们都离死亡越来越近，这就是真实情况。但我们却不这样认为，依然制订着几百年的人生计划，这里投资一个企业，那里买一套房子。很可能明天就要死去了，现在却忙着准备十年、二十年后的生活，这叫以无常为常。这是不是颠倒呢？

· 佛法之所以伟大，就是让我们能了解生命的真相，事先知道在死亡的时候我们要面对怎样的恐惧和痛苦，并告诉我们应该如何去为死亡做准备。死亡时以及死亡以后的生活是关系到我们切身利益的急迫大事，我们必须要为自己的死亡做准备。

· 曾经富甲一方的商人，最终会空手而去；曾经位高权重的领导，最终会回归平民；曾经貌美如花的美女，最终会容颜老去；曾经生死相许的夫妻，最终会各自离去；曾经合家欢聚的亲人，最终会逝去分离。在无常面前，没有贫富高低，没有持久的美貌，没有永久的亲情与爱情，此生只是你经历的一场梦。

· 即使我们容貌姣美、身材高挑，或者物质条件优越、事业成功、家庭美满，这些都不能代表我们的人生有价值，因为这些都是短暂的、无常的，就像做梦一样转瞬即逝，是不是这样呢？

· 当人们终于获得了期望中的物质财富时，却往往发现自己青春年华已逝，健康活力已去，甚至心情也常常闷闷不乐……这时即便付出再多的金钱，也无法换回原来的青春与健康。

· 事实上，很多世人迫切追求的物质享乐，也只是梦境一场。梦醒成空，什么都没有真正发生过。清醒之前的我们，一直在迷惑中执着，在迷惑中患得患失。显然，在梦境中我们的心是无法做主的。

· 我们身边很多有钱有势的人会觉得自己的人生非常美好，为什么要出离？为什么要学佛呢？有句话说"富贵学道难"真是不假。这一类富贵之人就类似于长寿天的天人。可是，轮回是无情的、无常的。寿命再长、福报再大，终会有结束的一天。死亡早晚会来临，天人终究会堕落，而一旦堕落，还是轮回到三恶道。

· 死亡就在前方等着我们，随时随地都可能把我们带走。无数次生死，我们经历了无边的痛苦、无尽的悲哀，至今仍旧两手空空，没有获得解脱。希望这次不要再错失良机，我们要祈请祖师大德关照、加持我们，赐予我们力量和勇气，让我们成就具有意义的人生，获得觉悟和解脱，也令一切众生获得解脱和永久的安乐。

· 放下和放弃是两码事。放弃并不等于断除对此生的贪执，大家往往把放下误解为放弃，落入到极端之中。现在很多修行人太极端了，往往心里"放下"的程度不高，但表面上却做出一副放弃一切的姿态，这是不好的现象。

· 什么是放下？放下不是放弃。我们懂得了放下此生贪着的道理，照样可以和家人相处，照样可以去工作、去赚钱，但不同的是——我们的内心不再贪着这些事，和亲人相处时不会再斤斤计较，失去亲人时也不会过分痛苦，对工作上的得失不再那么纠结，对任何事情都能坦然面对，不再为世间八法所左右。

· 三界六道中的所有众生都是平等的，皆具备同一个愿望——离苦得乐。然而无明的缘故，众生的所为与愿求总是背道而驰。任何一个众生都想得到快乐，但遭遇的却无不是苦、无不是业。求乐无法如愿以偿的原因是从无始轮回以来，我们的思想和行为没有一致，自相续与佛法没有相应。

· 当我们看到众生快乐且没有痛苦时，我们希望一切众生都能够获得这快乐，并且这快乐能够长久，甚至永恒；希望他们不仅仅具备这快乐，还具备产生这快乐的因。这种心态就叫作"慈无量心"。

· 佛陀在很多经典中都说过：所有法教中，观修无常最为殊胜。如果体会了无常，最初——我们会自愿地进入佛法；如果体会了无常，中间——在修行的过程中，我们绝不会懈怠和懒惰；如果体会了无常，最后——也会迅速成就。在修行的初、中、后期，体会死亡无常都会对我们有极大的督促作用。

· 我们追求快乐，为什么他人不需要快乐？我们不愿意遭受痛苦，为什么他人要去遭受痛苦？我们为了满足自己一时的口腹之欲而去伤害一个生命，将它们活生生地杀掉，这是非常不公平的。事实上，我们现在是人，它们是无辜的生命，但谁又能保证我们将永远是人呢？

· 在无始轮回中，我们的内心充满了无明、分别念、妄想以及颠倒的思想，由此产生很多负面情绪，所以，我们很少能发现自身行为、思想及语言上的不足。这些因素直接将我们束缚于轮回之中，一世比一世更泥足深陷，一世比一世更流转漂泊，陷入无尽苦海而无法自拔。

·我们在生活中快乐、幸福与否，不取决于外在的环境或是其他的物质，而是取决于我们内在的心灵。我们保持怎样的心态才是关键。

·人们生存的暂时目标大多是希望获得幸福，而幸福并不仅是丰衣足食、结婚生子，或是获得名闻利养，享受荣华富贵。幸福的前提是拥有健康的身体与快乐的精神。

·恐怕世间没有一个人会喜欢痛苦，每个人都知道痛苦很难过、很折磨、很煎熬。所以，我们作为追求解脱者，更需要认清，轮回的本质其实就是痛苦，只有体会了痛苦的感受、明白了痛苦的过患，才会也才能去努力停止痛苦。

·我们要不断完善自己，让心越来越清净。消极的想法少一些，积极的想法多一些，让自己越来越简单自然，令自己的心更加充满慈悲与智慧，这样才能幸福快乐，与本性相应，并获得圆满成就。

·无始轮回以来，我们历经了数不胜数的生生世世、多生多劫，过程中我们积累了根深蒂固串习的习气，这些习气已成了轮回中的过患，若我们在生活的点点滴滴中缺乏佛法这味甘露妙药，那我们永远是误入歧途，充满迷惑。就像盲人独自行走在空旷的荒野中一样，我们只会迷失方向。

·三界六道中的一切众生都平等地具备同一个愿望，这就是追求快乐与逃避痛苦。然而，由于无明的缘故，众生的愿求与所为总是背道而驰。任何一个众生心里都想得到快乐，但遭遇的事情却无不是苦，无不是业。寂天菩萨在《入行论》中说："众生欲除苦，反行痛苦因，愚人虽求乐，毁乐如灭仇。"

·古印度大成就者寂天菩萨在《入行论》中说，假使有人在梦中，享受了百年快乐以后才苏醒过来；而另有一人在梦中，只享受了短暂的欢乐就醒过来，这两人醒来以后，都一样不可复得梦中的快乐。同样，人的寿命虽然有长有短，但死时都带不走生前的任何享乐。

·学佛的真正意义，就是走出迷惑，走向觉醒。无论世界上任何宗教、任何学派，只要有走出迷惑，走向觉醒的正确方法，都值得我们学习。

·佛法使我身心得以净化，精神得以充实，令我感到幸福和愉快。我的爱好和我的事业是统一的，我的享受和我的修行也是统一的。因为有了佛法，我的今生是精彩的，来世将会更加光明。

·俗话说："人生可引领你至开悟，也可引领你入地狱。"你获得开悟还是入地狱取决于你的心向善还是向恶。

·人们往往重视高科技，追求更多的现代物质享受，但是这与利他之心相比，后者更显重要。因为内心的快乐，永远比物质来得更深、更广、更久，是不枯竭的快乐之源。

·获得快乐的果位有两种：一种是暂时的安乐——增上生，以深信因果、断恶行善来获得世间的快乐；另一种是究竟的解脱——决定善，以皈依受戒，六度万行来获得出世间的寂静涅槃、圆满成就。暂时的安乐属于轮回的范畴，既没有解决生老病死的问题，也没有得以解脱苦海；究竟的解脱才是值得我们追求的终极目标。

　　佛陀的智慧犹如太阳般光辉灿烂，破除一切众生心中的痴暗。大悲智慧中流露出的妙法甘露，是对治众生烦恼百病的殊胜灵药。我愿成为一座桥梁、一盏油灯，陪伴着您一路同行，让心灵茁壮成长。祝法喜，愿吉祥！

第五章

世上最公平的原则

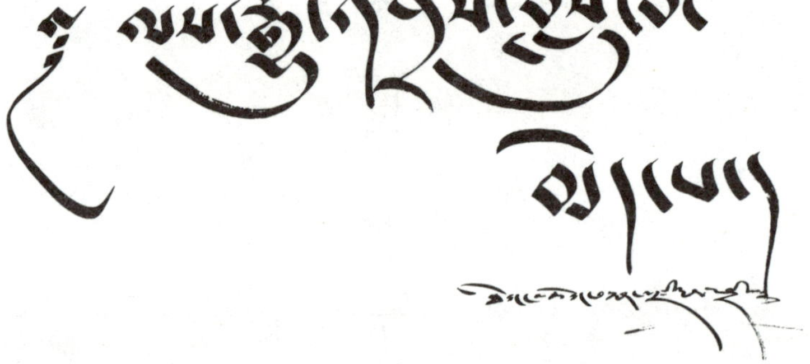

· 从因果不虚的角度来说，我们杀害一个生命，必然会遭遇杀害这个生命同样的痛苦；伤害十个生命，这十个生命遭遇的痛苦我们同样会遭遇。这是早晚的事，不多不少。绝对不可能出现我们杀害一个生命，得到的恶果是杀害十个生命的痛苦，也不可能出现杀害十个生命，却只得到杀害一个生命的恶果，这叫因果不虚。

· 俗话说："勿以恶小而为之，勿以善小而不为。"我们不能因为恶业小就忽略它、纵容它，要知道恶行再小也可能生成巨大的果报。这就好比有一种树，它的种子比芝麻还小，但长出来的枝叶却能达到几百米高。我们不能因为事物看起来微小而轻视它、忽略它。

· 善恶的因果规律不会因为我们不相信，或者不了解就有所改变。具体而言，行善的果报一定是快乐，造恶的果报一定是痛苦，此法则必然不会颠倒、不会错乱。再好比说，一粒良药的种子种下去，是否会长出毒药来呢？当然是不会。

· 善、恶业因就好比鸟儿，果报就如同影子。如果我们造了业，果报没有立刻出现，这并不表示果报不存在，只是因缘没有成熟而已。事实上，果报从未一刻离开过业因，即便经过了千百万大劫，一旦因缘成熟，果报就会立刻出现，而且一丝一毫也不会减少。

· 不要以自己的分别念来看待因果的取舍，好好依照佛陀的法教及善知识的教言，谨慎遵守因果的规则，才能掌握生命的未来，才能做自己的主人。

· 佛陀说法四十九年，宣讲了八万四千法门，业及因果便是这八万四千法门里最根本之法、最重要之法。因果的法既深奥又广大，什么因会生出什么果，我们凡夫是无法判断、无法如理通达的，只有佛陀能遍知一切因果。但是我们需要掌握其最主要的原则：善业是产生快乐的因，恶业是产生痛苦的因。

· 无论是轮回还是涅槃，都遵循因果规律——也就是人们常说的"种瓜得瓜，种豆得豆，善有善报，恶有恶报"。因果规律并非释迦牟尼佛所指定的，而是客观存在的自然法则。

·佛经中说："诸法因缘生，诸法因缘灭。"我们心中所有的起心动念也是因因缘和合而生，因因缘消散而灭，并非是你想让它生起它就生起或你想让它熄灭它就熄灭的，我们只能观照它的本质，而无法控制和主宰它。

·无论你走到哪里，白天还是黑夜，所到之处都会留下足迹。同样地，无论你做何行业，善业还是恶业，所思所想、所作所为都一一地在阿赖耶识里留下印记。

·火的本性是灼热，这是自然规律，谁碰到火都会被烧到，这是客观存在的。同样，无论你相信还是不相信，造恶业就是会导致痛苦，行善就是会获得快乐，这是不可改变的自然法则。

·护佑生命、不杀生命是获得健康长寿的直接因素；布施财物、不偷他财是感到具足受用的直接因素；行为端正、不行邪淫是家庭夫妻美满的直接因素。

·如今我们所造的恶业也不能确定是否在今生遇到痛苦与不幸。也许我们仍然会富有、幸福，但这不代表今生所造的恶果在将来不用承受，更不表明因果不存在！只不过是"不是不报，时机未到"罢了。

·善、恶的业因必然会导致乐、苦的果报。所以，即使遇到生命危险，我们也不要造作微小的恶业。因果不虚，哪怕细微的头痛，也是来自恶业；哪怕一丝的微风，也是行善的结果，以及佛菩萨的加持。

·如果你经常行善积德、精进修行，将来的你一定会感激现在的自己，这就是"自己是自己的救星"的道理；如果你经常作恶多端、放逸懒惰，将来的你一定会怨恨现在的自己，这就是"自己是自己的仇人"的道理。我们生活中的点滴离不开因果的现象，还有什么理由不承认善恶因果的事实呢？

·凡夫畏果，菩萨畏因。我们凡夫把行苦当成快乐，意识不到轮回是充满过患的。在佛菩萨的眼里，轮回没有丝毫的快乐，无论是六道各自的痛苦，还是三苦，都充满过患。

·众生在轮回中流浪与漂泊，无不是为了寻找幸福和逃避痛苦。然而由于凡夫众生的无明，不懂得谨慎因果取舍，于是越是想要寻找幸福，就离幸福越远，越是想要逃避痛苦，遭遇的痛苦就越多。

就像一个人对天空发脾气，向空中吐了一口口水，但口水却落到自己的脸上，最后受损的仍然是自己。我们在生存的过程中伤害他人的果报亦是如此，归根结底还是自己受到巨大的损失与伤害。

聪明的人把种子播撒在良田里，最终收获的是丰硕的果实，有智慧的人将钱财用于利益众生，最终收获的是福德资粮。贪恋的人为了自私自利连自然环境都破坏，最终的恶报是天灾，愚痴的人为了自己的幸福快乐毫无恻隐之心地伤害生命，最终的恶报是人祸。

如果你不希望将来堕落地狱、饿鬼、畜生三恶道，那么从现在开始必须停止伤害一切有情众生的行为，同时也要断除杀害有情生命的恶念。

· 如今，人们对动物的伤害已经远远超过了我们在餐桌上所见到的。一些商人从深海中捕捞数以亿计的小生命，从它们的身体中提取精华制成化妆品、营养品、保健品……食用、使用和贩卖这些产品的人十分可怜，因果不虚，因个人的健康美丽而伤害其他生命，来世将会遭受无法想象的痛苦来偿还。

· 恶业的力量很强大，如果不及时忏悔，会使我们历尽无边之痛苦，在轮回中一直流转。如果我们一直执迷不悟，这种流转就会没有尽头。修行佛法就是要开始觉醒，对往昔的罪业诚心忏悔，应经常尽力持诵金刚萨埵咒：嗡班赞萨埵吽！这是一个好的开始，意味着找到了觉醒之路，踏上了菩提之道。

· 我们流转于轮回中，经历了无数的生老病死，不是上帝的惩罚，也不是造物主的支配，而是因无始以来我们自身积累的恶业所致。明白这些真相，相信因果，我们自然会管好自己的身口意，小心自己的行为，慎重口业和起心动念，对过去心生忏悔，对未来发起再也不犯错的承诺和誓言，才会修行有所进展，修养和素质也逐渐提升，慈悲和智慧也会迅速圆满。

· 芸芸众生就像良田，你想要收获甜的果实还是苦的果实，想要收获良药还是毒品，取决于自己种下什么种子，同样的道理，你想要过富裕的生活还是贫穷的日子，想要获得快乐还是遭遇痛苦，取决于你如何对待众生。想要自己的未来得到保障，请你善待每一个生命。

· 对你身旁的师兄们，莫要观察他们的过失；自己莫生恶念，也莫要东想西想。因为自己究竟不能通晓他人的心性，所以观察他人的过失终会成为自己堕落的因。

· 有些人过着富裕的生活，令人羡慕，有些人过着贫穷的日子，感到艰难。然而到了面临死亡的时候，一样会空手而归，一切都成为过眼云烟。正如西藏谚语所说："一个骑马上山的人和一个徒步上山的人，同样都会到达山顶。然而骑马的人要背负骑马的业，徒步的人却不需要负担这个包袱。"

· 我们多些思考自然界的灾难是好事情，让我们真正体会到业、因果的真实性，同时意识到一切万法的无常性。外在的大千世界离不开成、住、坏、空的自然规律；内在的六道众生，离不开生、老、病、死的无常事实。这就是佛经中所说的"诸法因缘生，诸法因缘灭"的道理。

· 依佛教的因果规律来讲，把自己的幸福建立在别人的付出之上，自己的福报会减少；把别人的幸福建立在自己的付出之上，自己的福报自然会增长。因为我们谁都不希望自己的福报减少，谁都愿意让自己的福报增长，所以，我们要明白这个道理。

· 如今有些人因为不相信轮回，不惧因果，所以不断地造业。你可以不信但不能证明地狱不存在啊！

· 我们现在所做的不一定即刻就会显现果报，因为人的生命不止一生一世，而是累生累世的流转，谁也无法知道自己在过去哪一世的流转中曾造过怎样的业，所以，这一世行善积德并不能确保今生今世就能获得幸福快乐。

· 修行人境界越高，对生命的关爱越强。因为境界越高，对因果的了解越通达，行为就会更加谨慎。而我们凡夫，之所以对因果不够慎重，不懂得如法取舍，也是因为我们的智慧太低，无法了解因果的规律。

· 或许，只有你老的那一天才会明白，为什么活着……

· 我们要用正面、乐观的心态来培养自己的清净心。你认为这是肮脏的社会，它就会变成肮脏的社会；你认为它是完美的国土，它就会变成完美的国土。即使遇见对你不好的人，但常观察他的优点，他真的有一天就变成好人。即使周围都是好人，而你却习惯观察他们的不足，久而久之，在你眼里几乎看不到一个好人。

·因为我们是凡夫，所以每个人的缺点都很富足，但我们
却习惯于把自己的缺点深深地隐藏起来，然后自我欺骗地告诉自
己——我是一个很优秀的人，于是自然就产生了我慢。其实我们
一点也不优秀，只不过是偷偷地隐藏了缺点，而且这些缺点堆积
如山。

·当我们看到别人的过患，心里需要想着：这不是别人的缺
点，而是由于自己的心不清净才会显现。就好像一个人的脸不干
净，在照镜子时，镜中映出的脸一定也会同样不干净。他人就如
镜面，如果我们的内心不净，看别人时就看不到优点，满眼都是
缺点，其实这不是别人的问题，而是我们的心被太多污秽所染。

·学习佛法，切忌把所有专注力都放在书本上，或是停留
在知识的层面，而是一定要回归到自己的身语意上。

·童年时，我们羡慕成人，期待着自己快快长大；如今我
们已成年，又在羡慕孩童，怀念自然而又单纯的生活。

·佛就像医生，诊断我们内心中八万四千种烦恼疾病；法
就像良药，医治我们内心中八万四千种烦恼疾病；僧就像护士，
护理我们内心中八万四千种烦恼疾病。

· 缺乏慈悲与智慧的富翁，是精神穷人；缺乏慈悲与智慧的领导，是地位奴仆；缺乏慈悲与智慧的名人，是徒有虚名；缺乏慈悲与智慧的学者，是心灵盲人。

· 不要为了修行而失去必要的工作，也不要为了工作而失去修行的良机。

· 积累福德最好的一个方法就是让父母高兴、满意。如此我们的人生才会顺利，修行才能成功。

· 佛法是医治我们内心五毒烦恼的良药，不是增长傲慢等烦恼的助缘！不能利用佛法来提高个人的名闻利养，更不能利用佛法来欺骗迷惑众生！如果我们能全心全意地服务他人，真心实意地尊重生命，外在行为上随顺众生，内在心灵中充满智慧和慈悲，这其实是得到佛菩萨加持的一种表现！

· 什么才是修行人最大的成就？我觉得修行人最大的成就就是能为众生服务。

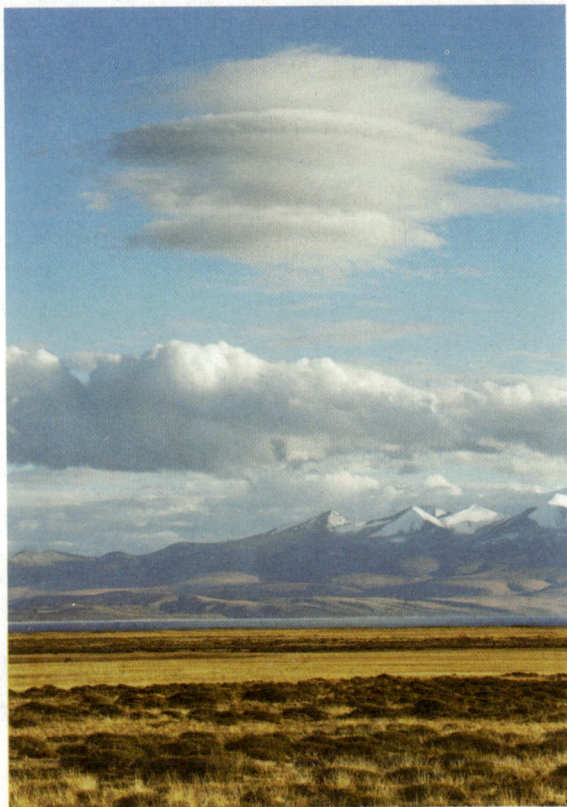

·我们在行住坐卧中，心不要散乱，要树立正知正念，不断完善自己，让心越来越清净；暴露自己的缺失，将污秽剔除；隐藏自己的功德，令功德圆满。消极的想法少一些，积极的想法多一些，让自己越来越简单自然，令自己的心更加充满慈悲与智慧，这样才能与本性相应，并获得圆满成就。

· 我们的心就像跷跷板，当为自己着想的自私心多一些时，替别人着想的利他之心自然会减少。

· 没有内涵、修养的人容易生起我慢心，就像空穗昂首一样贡高我慢；内涵、修养丰富的人往往非常谦卑，就像果实丰满的谷穗一样俯首低头。我慢心越高，危险性越大，就像气球一样，里面的气越多，爆炸的危险性越大。

· 我们不要把时间仅仅花在文字和口头上，而应将学习佛法的真实体会扎扎实实地落实在生活与工作当中。

· 吃素不是修行本身，而是修行的助缘，也是方便。智慧与慈悲才是修行的重点与核心。

· 在成佛的道路上，福德资粮与智慧资粮便是鸟的双翅，必须双运修持才行，这就叫作保持中道。

· 佛法是轮回暗夜里的唯一明灯。它能解决内心的烦恼，唤醒我们沉睡的佛性。

·我们在日常生活中，尽量不要去非议他人，要保持清净的口业。该说的才说，说到就要做到，若常能如此，说话就会越来越有权威性。

·藏地有一句俗语：食物越传越少，话语越传越多。比如一袋巧克力，我们递给身边的人，大家传一圈，回到我们手里时可能已是空袋子，而如果我们告诉身边的人一句话，大家传一圈回来可能就变成了十句话。

·做坏事时偷偷做，做好事时到处宣扬，这是凡夫的特征，作为修行者应该反过来。

·善良的人常常会协调周围的矛盾，化解身边的纠纷，带给大家温暖和幸福；卑劣的人却常常会制造矛盾、引发纠纷，带给大家不安和麻烦。我们要在生活中学习温暖周围的人，给大家带来更多的幸福。

·从佛教角度来看，若积累了巨大的财富，却丝毫没有加以善用，都是毫无意义的。当死亡来临时，没有如法善用的财物，不但无益，反而有害。因为在积累财物的过程中，你可能会伤害、欺骗过很多人，或者杀害过很多生命，这些恶业的结果你只能自己去承担、面对。所以佛教里说，除了依照佛法行事，你所做的一切都毫无意义。

· 富而不贪是一种布施；尘而不染是一种持戒；痛而不恨是一种忍辱；累而不懈是一种精进；思而不乱是一种禅定；显而不着是一种智慧。

· 死亡的时刻，我以为我会害怕的，原来，我同样害怕再生。为什么害怕再生呢？因为我没有足够的准备掌握来世的方向，没有把握选择来世的去处，我害怕生错环境，害怕生错身份，更害怕生错生命……害怕生于任何一处对于佛法修行不具足顺缘的地方，所以我害怕再生。

· 佛陀曾经对弟子们说："比丘和善知识们，要像以切、磨、炼的方式检验黄金的纯度那样，对我的话进行考察，决定取舍，不能以尊重为理由。"

· 有了信心，才能正确取舍善恶，投生善趣；有了智慧，才能超脱轮回苦海，证得菩提。

· 不能发现自己的缺点是无明的表现，习惯观察他人的短处是妄想的习气；能够发现自己的缺点是智慧的征兆，不去观察他人的短处是慈悲的体悟。

· 有多少人，明明富裕了，却还不知足；有多少人，明明衰老了，却还忙着琐事；有多少人，明明学佛了，却还不遵守因果。

· 我们一直习惯于想着自己需要什么，却很少设身处地想着别人缺乏什么。

·具备正知正见的修行人，不在形式上执着，只在质量上提升；缺乏正知正见的修行人，不在质量上认真，只在形式上计较。

·若想远离痛苦，则诸恶莫做；若想获得快乐，则众善奉行；若想超越苦乐，则自净其意。

·现在的人们，从外在的物质条件来说，很富裕；但从内在的精神生活来说，很空虚。

·从自己做起，认识自己，随时观察自己的言行、思想，改变内心，升起善念。思想决定行为，行为决定习惯，习惯决定习气，习气决定了命运。

·即使暂时还做不到利益他人，最起码要做到在绝不伤害别人的前提下利益自己。

·痛苦时想起佛法，不算真实；幸福时想起佛法，那才是真实的。

·能发现自己的缺点是智慧，不观察他人的短处是慈悲。正因为我们凡夫缺乏慈悲与智慧，所以往往习以为常地寻他人的短处，却永远找不出自己的缺点。

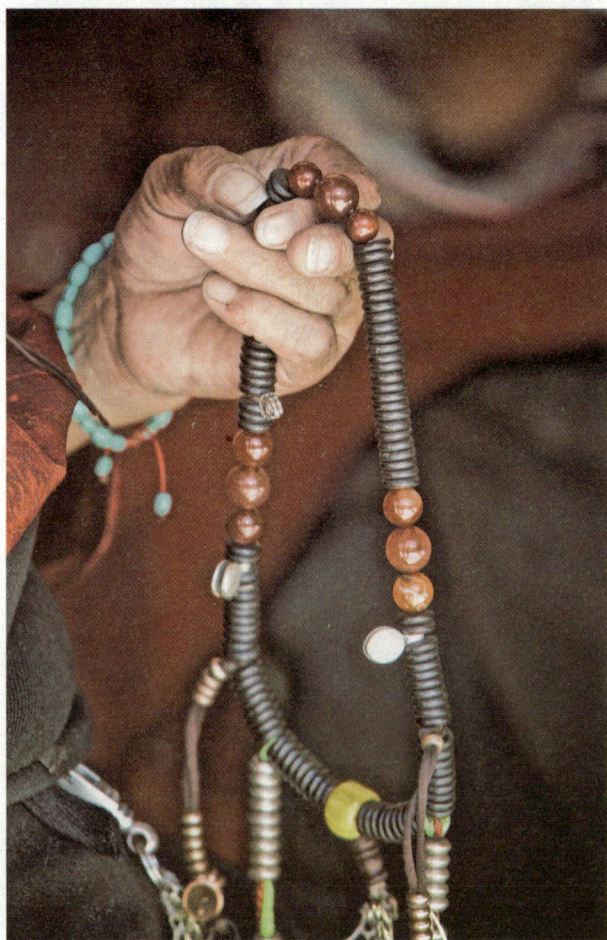

上求佛道是一种智慧，下化众生是一种慈悲。

有智慧无慈悲是自私，有慈悲无智慧是无明。

当我仰望着虚空时，我从中学会了包容；

当我沐浴于阳光时，我从中学会了智慧；

当我畅游于大海时，我从中学会了禅定；

当我驻足在大地时，我从中学会了承担；

当我置身于高山时，我从中学会了见地；

当我欣赏着白云时，我从中学会了潇洒；

当我接触到微风时，我从中学会了自在。

感恩大自然，我的精神导师啊！

第六章

不要被假相收买

ༀ རྒྱལ་བ་ལོ་ཆེན་ལུང་བྱུང་ཆགས།།

རྒྱལ་བ་ལོ་ཆེན་...

今天的生，就是明天的死；

今天的乐，就是明天的苦。

生死轮回，苦海无穷无尽。

· 无明众生就像飞蛾扑火。飞蛾只看到火焰的明亮、温暖和美丽，看不到它燃烧的本质而扑向火焰。无明众生只贪图轮回的美丽诱惑，没有认清轮回的本质是痛苦而沉迷于轮回的表象。无明众生生生世世都陷入在轮回的陷阱中不能自拔，内心从未生起刹那的出离之心。

· 我们自身有眼耳鼻舌身意，对应着外境的色声香味触法，当六根对六尘就出现了天地山河、飞禽走兽等一切外境。从胜义谛的角度看，这些外境并非真实存在，一切显现都是我们的幻觉，来自于我们的迷惑。

· 佛教告诉我们，世间人所追求的快乐，所享受的幸福，就好像睡在铺在火坑的草垫上，无论草垫多么柔软、舒适，迟早会被火烧，这就是无常的事实，也是轮回的本质。

·我们凡夫意识不到轮回是充满过患与痛苦的，反而把行苦当成快乐。而在佛菩萨的眼里，三界六道轮回充满过患，不仅六道有着不同的痛苦，还有苦苦、行苦、坏苦，轮回里没有丝毫的快乐可言。

·我们学佛的目的不是为了获得此生的利益，也不是为了享受来世的福报。佛法是让我们了解宇宙、人生的真相，让我们明白自无始以来我们一直在痛苦中流转，虽然备受折磨，却始终在轮回的噩梦中沉睡；佛法是让我们成佛，并且具有能力去救度一切众生脱离轮回之苦。

·轮回就像一个封闭的瓶子，我们就像瓶子里的一只蜜蜂，蜜蜂来来回回、飞上飞下，却永远找不到瓶子的出口。我们在六道中也是如此，上上下下、反反复复，却一直找不到轮回的出口。

·在这个轮回里，大家都追逐快乐并期盼幸福，这种愿望固然是好的，但它却与轮回的本质相悖。轮回的现象本身是有缺陷的，其本质是充满痛苦的，而且，我们的精神是无明的产物，肉身是五蕴和合的假相。追逐幸福的大环境有缺陷，追逐幸福的人本身也不完美，在不完美的环境中，不完美的人怎么能找到完美的事呢？

· 无论过去我们在轮回中经历多久，体验多少痛苦，都算不上可怜。可怜的是大家不知道这是痛苦，还深陷其中。没有一点厌烦之心、出离之心，众生的迷惑、无明、作茧自缚是最悲哀的。

· 我们曾经经历了那么多痛苦，现在和未来依然无法免于痛苦的折磨，可我们心中居然还没有生起对轮回的厌烦之心、出离之心，这是不是令人深感遗憾、悲伤和惭愧呢？

· 当我们站在繁华的街头放眼看去，就会发现有那么多人在忙忙碌碌，各做各的事、各有各的生活，眼前的世界是如此的热热闹闹、如此的花花绿绿。但是，我们仔细想一想：几十年后、一百年后，这些人会在哪里呢？

· 秃鹫为生存而期盼，孩童为死亡而担忧。芸芸众生，在生与死中苦恼，于期盼与担忧中挣扎。生老病死永无止境，轮回苦海无边无尽。

· 无始以来，我们一直沉溺在轮回苦海中，饱受煎熬，失去自由，原因就是我们成了心的仆人。如果不修心，我们绝不可能获得幸福、快乐和解脱；如果不修心，是我们一生最大的损失。

·轮回里的一切苦痛、一切恐惧、一切损害都由烦恼而起，因三毒而生。想要止息苦痛、恐惧、损害等轮回的一切过患，就要解决三毒烦恼。解决三毒烦恼最殊胜、最彻底、最圆满的方法就是佛法。

·烦恼有八万四千种，因此佛陀宣说了八万四千种法门，一切法门都是针对烦恼的。八万四千烦恼可以概括为五种——贪、嗔、痴、慢、嫉，被称为五毒，五毒之中最根本的是痴毒，痴毒包括了比较粗重的愚痴以及比较微细的我执和无明，无明则是产生一切烦恼的根本。

·每个人的烦恼都是不太一样的：有的人欲望较重，脾气较好；有的人脾气不好，但欲望较少；还有的人脾气也不好，欲望也重，但愚痴却较少……不管是哪种情况，我们都必须深入观察自己，看清自己深陷哪种五毒烦恼？说到底，我们还是要依靠自己来调伏自心烦恼。

·当我们出现烦恼时，我们应该立刻像打地鼠一般，拿起觉知之锤击垮烦恼。

· 因为佛法，使我不管是身处逆境还是顺境，不管身体健康还是身患疾病，我都不会怨天尤人。

· 越是经历人生的沧桑与世间的复杂，越能帮助我们体会轮回的本质。深刻体会轮回的本质，会令我们生起出离轮回的勇气！从究竟的意义上说，顺境和逆境具有同样的价值。

· 毫无疑问，每个人都希望成为一个真正的佛弟子，都希望成为一个好人，都希望解脱、成佛。但这不仅需要一个起起落落的奋斗过程，更需要一个适合自己的方法。

· 对于初学者来说，应当以逃避的方式来对付烦恼；对于修学了一段时间的人，可以用对治的方式来解决烦恼；对于修行比较高的人，应当以转换的方式来断除烦恼。

· 串习烦恼是在追求根本不存在的东西，串习菩提心则是在追求真实存在的东西。烦恼的串习没有依据，不符合真理，不符合心的本性，和究竟实相不是一体的；而菩提心的串习有据可循，符合真理，符合心的本性，和究竟实相是一体的。

·当我们罹患了烦恼病，只有上师能够为我们医治。我们选择哪位上师，是要看上师是否有佛法的良药给我们。谁有就找谁，不管他年老还是年轻，贫穷还是富有。依止善知识就要像找大夫一样，这是重点。

·修心即是修行。如果我们的心修好了，行也会随之变好；如果心没有修好，行再怎么修也无济于事。因为行是外在，心是内在，外在的一切行为都建立在发心之上。无始以来，我们缺乏的就是修心的教育，现在一定要通过学习，让自己的心尽量宁静，不容易波动、浮躁、忧伤和烦恼。

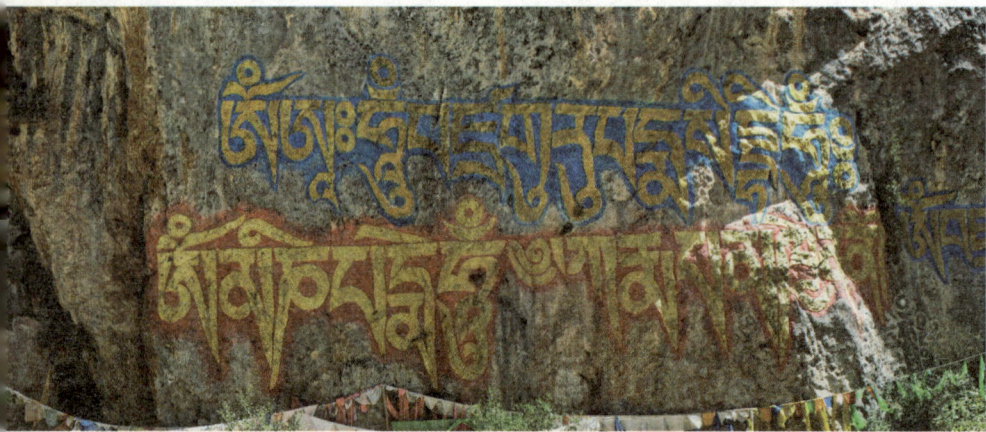

· 幸运的是一切众生皆有佛性。所以，只要我们坚持不懈地修行，佛性终会完完全全得到显现、发挥。我们身上的、心灵上的所有障碍、污染、烦恼、执着随之也会慢慢地全部消失，充分净化，最终我们也一样会成佛。

· 无始以来我们养成了自私的习惯，凡事以自我为中心。有些人对自己的重视、珍爱、保护相当强烈，这种人往往很容易受到伤害，一点小事就能引发极大的嗔恨。有些人对自己没那么在乎，大大咧咧、没心没肺，这样的人在遇到问题、遭受打击时，所受的痛苦会相对比较小一些。

· 我们众生迷惑于轮回的表象，只看到轮回的美妙，没有察觉到轮回本质是痛苦的。于是我们兴冲冲地扑向轮回，结果生生世世都沉溺在轮回的陷阱中不能自拔。虽然历尽苦难，却从未生起过一刹那的出离之心。

· 只有真正认识到轮回的本质，才能更深刻地体会解脱的意义和价值。

· 在生活、工作中，任何的生存之道无不依赖他人，无不是他人在为我们支持、帮助、付出、奉献。学佛修行更是如此。如果想要成佛，我们首先要成为菩萨，修持成为菩萨所要修持的六度般若蜜——布施、持戒、忍辱、精进、禅修、智慧。有了六度万行之后，才可能圆满成就菩萨的资粮，而这些修持都离不开他人。

· 佛法和世间法并非对立，只看我们如何运用。有些人认为，学佛以后很多世间法都不能做，电视也不能看，手机也不能用，认为佛法和世间法是两码事，这个观念是错误的。世间万物都离不开虚空，佛法就像虚空一样，存在于一切事物之上，我们需要把听闻的法教与生活的点点滴滴结合起来，佛法才能慢慢融入内心。

· 在面对世间八法时，凡夫的心很容易波动，对利、乐、称、誉会欣喜，对衰、苦、讥、毁则排斥，而这恰恰是修行的最大障碍，导致很多人修行半途而废。而真正的修行者，则很淡然，把一切都看得很轻，平等地对待，平和地接受。就像龙树菩萨所说："利无利苦乐，称无称毁讥。了俗世八法，齐心离斯境。"

· 如果我们想从镜子中看见一张干净漂亮的脸，首先就要清洁自己的脸庞，再略施粉黛。同样，修行也是如此，我们不仅要修持清净观，还需具备慈悲心，这样才能让我们所见到的万事万物变得清净无垢。

· 做任何事，如果我们的方向错了，那么我们越努力，离正确的目标就越遥远。同样，如果我们的心没有转向佛法，所念的咒、所修的法、所有的功课都属于世间法；只有我们的心转向了佛法，做世间事也同样是在修习佛法，一切所作所为都是佛法。

· 学佛修行的主要目的就是与烦恼作战，所以修行人要像一个军人。军人的目标是战胜敌人，修行人的目标是战胜烦恼。军人的敌人在外面，修行人的敌人在内心。学法越多、修行越久，对烦恼的战斗力应该越强。

· 烦恼是仇人的孩子，我们越纵容它养育它，它将来给我们带来的伤害越大。如果我们还没有能力处理掉它，至少也要让它没有攻击力。

· 当我们保持中道时，内心的正能量远远超乎想象；当我们堕落极端时，内心的负能量也远大于想象。内心蕴含正能量还是酝酿负能量，取决于你是否具备见地与修证。

· 佛法绝不是衡量他人过失的工具，而是调伏自心的殊胜灵药，更有自觉觉他的圆满方法。

· 倘若我们认为自己是完美的，要想到他人也是一样的完美；倘若我们觉得他人有缺点，要想到自己也一样有缺点。在轮回里，我们同样是被无明蒙蔽、被我执束缚、被烦恼折磨、被痛苦煎熬。我们没有任何理由认为自己比他人更完美。一切众生皆平等，在生死规则、因果规律、苦乐感受、佛性真理面前，人人都平等。

· 如果想要获得解脱，唯一的方法就是破除无明。在破除无明之前，首先，要对自我有一个正确的认识；其次，要破除对自我的过分珍爱和主观认同，同时要减少、消除对他人的排斥和嗔恨。

·佛经中提到人生有八苦，即：生苦、老苦、病苦、死苦、求不得苦、患失之苦、爱别离苦、怨憎会苦。人活在这个世间，这些苦痛都是无法避免的。一旦获得解脱，一切苦将被彻底熄灭。这就是我们学佛并追求精神解脱的根本原因。

·我们的自私之心、坏脾气等烦恼就好比内心的魔鬼。如果我们想舒舒服服地睡个安稳觉，平平安安地过个好日子，唯一的方法就是要先把内心里的魔鬼——自私之心、坏脾气等统统赶走，这样才能建立起菩提心，才能获得自由，才能恢复清净自在的生活。

·嘴上祈愿的是要利益一切众生，心中向往的是无上菩提，但在实际生活中却连对身边最亲近的家人都不够体贴，对亲朋好友做不到关怀，也几乎没有帮助他人和为他人付出的概念。这些做人的基本条件都没有培养的话，我们怎么能积累福德资粮和智慧资粮呢？没有积累福德资粮和智慧资粮，又怎么能证得圆满佛果呢？

·我们的心就像一亩田，如果没有种下戒、定、慧的庄稼，那就会长出贪、嗔、痴的杂草。

·据冈波巴大师的观点，修行的路上有三个要点：信心为基，精进为道，智慧为友。对于一个佛教徒而言，信心、精进和智慧缺一不可。

·每个众生都具足智慧、慈悲、大愿力的本能，然而众生的佛性却被无明与烦恼所遮蔽，就像太阳被乌云遮住一般。只有通过佛法的实修实证才能够将自己的本能发挥出来，将如同太阳一样的佛性展现出来。

·我们信奉、研习佛法，希望获得内心平静的最佳方式就是自己心中只求放下，不求得到。因为在放下的当下就已经得到。彻底地放下也就是彻底地得到，我们什么时候彻底放下了烦恼、我执、法执，就是彻底得到了佛法的最高境界。

第七章

让当下的力量创造奇迹

ཏྲེ་ ཀྱིན་ག་ལོ་ཀྱི་ཡུལ་ཏག་གཡང་ལ།

ཤྲཀ་སཏེག་ཀྱཟ་རམ་ཏྲོག་ཏྲ

·我们的生命犹如一炷燃香：过去的都过去了，快乐或痛苦如同烧至空烬的香灰，终会落去；未来的尚未到达，没有必要过度地执着和期盼，如同未至的烟，无处追寻；唯有当下这一刻才是我们所拥有的，这一刻的香氛、这一刻的烟气萦绕，才是真正属于我们的。请感受当下每一刻的人生，也觉照每个点滴的生活。

·我们不能把自己的人生如同光盘一般重新播放一次，也不能把我们的人生或寿命像手机充电或话费充值一样反复充满。所以，我们要珍惜当下，切勿虚度人生。

·时时处处观照自心，生命中的每一刹那都是我们觉悟的机会。

· 当我幸福快乐时，时间转瞬即逝，当我痛苦难受时，时间分秒难挨；当我游山玩水时，感觉时间太短，当我辛苦劳累时，感觉时间太长；当我利益自己时，时间带来的只是平凡，当我帮助他人时，时间带来的却是珍贵；当我修行佛法时，时间增长了我的欢喜之心，当我烦恼造业时，时间加深了我的后悔之心。

· 因为我们不知道从何方来，所以对过去迷惑；因为我们不知道往何处去，所以对未来迷茫；我们不明白活在当下，所以对现在没有好好珍惜，好好把握。

· 我们的"心"一直对外境产生迷惑，向外散乱，它总是在回忆过去、盼望未来、随从当下妄念的状态里。实际上，这些都是我们缺乏认识自己的"心"所导致的。

·时刻保持身心合一。当我们被生活中的诸多琐事所缠绕、思虑过多时，常常会感到迷茫。这种时候，我们要让自己的心平静下来。这就如同一杯满是杂质、浑浊的水，保持不动后，水会慢慢清澈起来。如果我们能在每一个当下保持平静心，做任何事情都尽量身心合一，那就不会感到迷茫。比如说，我们吃东西，表面上看起来是在"吃"，但其实"心"却已云游四海去了，几乎品尝不到食物的真正味道。这样的习惯非常不好。

·在日常生活中，我们常会患得患失，很少人做到活在当下，大多数人都活在对过去的回忆或对未来的期盼中，而这些回忆与期盼是毫无意义的妄想，我们不应保留它，要尽量去除它。因为这个妄念就像是电脑里的病毒，它会占有清净心的空间，也像垃圾桶里腐烂的垃圾，将纯净的思想及健康的心灵空间腐蚀污染。

·当我们静下心来以智慧去观察时，就连当下所发生的事都是变化无常、虚幻无实的，那么过去和未来还有什么是值得去回忆和期盼的呢？

· 当下的思想，决定了将来的迷悟；迷还是悟，取决于观念是正面还是负面。现在的行为，决定了未来的苦乐。苦还是乐，取决于行为是恶业还是善业。

· 我们的人生向好还是不好的方向发展，完全取决于我们当下一刻的念头是什么。如果是一个善的念头、正确的见地，那么将来的结果就会好。如果当下的念头是恶的，是一个邪念，那么将来的结果就是不好的。一切在自己的手中掌握，一切都是当下的念头在指挥。唯心所造，唯识所显啊！

· 不要回忆过去，不要期盼未来，保持觉知，活在当下。

· 修行人行持善法是非常好的，但也不要过度执着。

· 佛法中最主要的是放下执着，对于世间法的好与坏，从究竟的境界来说，什么都不可以执着。我们要训练自己：保持平常心，活在当下，心境要朴素、单纯、轻松、安详……我们的境遇是复杂还是简单，都是自己造成的。

·当我们乐观时，人比想象中坚强；当我们悲观时，人比想象中脆弱。你是坚强还是脆弱，取决于你的心态。

·正面的心态去看世界，看到的世界是美丽且光明的；负面的心态去看世界，看到的世界是丑陋且灰暗的。

·你的长相美与丑，环境好与坏，感受乐与苦，取决于你的心态。乐观的心态或悲观的心态将决定你的世界是光明或黑暗。这就是所谓的"相由心生"和"境随心转"的道理。

·我们获得快乐还是遭遇痛苦，完全是由自心的善与恶来决定的。总之，佛陀所传的法归根结底都是为了调伏众生的自心，为了"自净其意"而宣说，自净其意后方能圆满自利利他，自他二利圆满才能证得无上正等正觉，所以我们应当尤为重视修心。

·修行好比渡河，如果没有船只，怎么可能到达彼岸呢？我们的人身就如同大船，如果不依靠此人身，怎么可能往生呢？生命就像一场戏般短暂。现在，我们的人身正在不断地变化着，一步一步迈向死亡。所以，我们要珍惜每一分每一秒，在每一个当下，专心修行。

　　·我们坐着时，观想上师三宝在自己的头顶。吃饭前念诵供养文："供养上师、供养佛陀、供养法宝、供养僧宝、供养一切众生。"吃饭时，观想上师三宝在自己的喉间。走路时，观想上师三宝在自己的右肩。按照这些方式观想将会时时获得三宝的加持。

· 人生的每一天都是正式演出，永远没有预演和重来。请珍惜当下的每一刻，并善用。

· 不要把情绪的"遥控器"交给别人，我们的心不应随着别人的毁谤、赞誉而忧愁欢喜，情绪也不应随着别人的话语而变化，自己的心要由自己做主，无论遇到贫富、贵贱，或是成败、得失等各个方面都是这样的道理。

· 我们修禅的目的，并非是熄灭一切杂念，而是要努力做到不受杂念的影响，最终借助杂念而认知心的本性——本来面目，并将杂念转化为同体大悲的法界智慧。祖师们曾经说过，乌云是虚空的严饰，乌云从虚空中生起，也于虚空中融入；波浪是大海的严饰，波浪从大海中生起，也于大海里融入；杂念是自心的严饰，杂念从自心中生起，也于自心里融入。当我们不认识心之本性的时候，杂念就是轮回的根源，一旦我们认识了心的本性，一切杂念只不过是自心本性的幻化游舞罢了。

· 学佛越深入，智慧应随之而增长，修行越持久，身、口、意应随之而变得轻松自在，而不是学佛修行久了，反而使身、口、意变得固化和僵持。我们应该时时刻刻地训练自己将这些复杂的局面视为梦幻泡影，从复杂的局面中找到真正的寂静和觉醒，这才是我们修行的目的。

· 好好耕耘我们的"心田"。心好比是一块土地，如果不去耕耘，这块地就是荒地；如果努力耕耘，这块地就会变成良田，带来硕果累累的丰收。是荒地还是良田，完全取决于是否耕耘。我们的心也是如此。如果依照佛法努力修持，先具备了做人的基本道德，然后慢慢修习出离心、菩提心，最后修习空性见、大手印等，我们完全能够成为跟佛陀一样的人。

· 但是修心又远远超越了耕地的比喻，因为土地耕耘得再好，带来的收获也是有限的。而修心的功德是无限的、不可思议的。心是一个无尽的宝藏，一切成就、一切幸福、一切帮助众生的能力，都能够从中展现出来，其展现能否成为现实，完全取决于是否修心。

· 不为模糊不清的未来担忧，只为清清楚楚的现在努力。

· 显现上，永恒不是当下，当下不是永恒；本质上，永恒就是当下，当下就是永恒；究竟的境界而言，既超越当下，又超越永恒。

· 人生最大的意义是什么？就是调伏我们刚强难化的野心。只要心调伏了，快乐、幸福、解脱、成就、利益众生等一切都会尽在掌握。

· 烦恼就像一只顽皮的猴子，当我们忽略它时，我们的思想就会被它扰乱，善法也会被破坏；当我们盯着它时，它会变得脆弱，藏在心底深处不敢露面，所以我们要活在当下，时刻观照自心。

· 对于思想简单、心灵纯净的人而言，人生就像天堂，光明、温暖而美好；对于头脑复杂、思想污染的人而言，人生就像地狱，黑暗、冷酷且丑陋。天堂或地狱，不在天边，而在眼前，在当下，在心里。

　·当我们在佛堂里静坐时，即使处于相对平静的状态，也很难发现自己内心深处的自私和缺点。在与人相处的过程中，习以为常的自私之心就会无处可逃地暴露出来，被别人看到并且指出。修行人最应该要找的就是自己的缺点，当自己不能发现时，别人帮我们指出来，这真是善知识的化现，我们应该发自内心地感激他们啊！

　·当今这个社会时有自私、欲望、固执、唯利是图、自以为是、错误观念等负能量。很幸运的是，我们大家内心深处平等地具备潜能——正能量，我们只要透过佛法修行，就可以把这些正能量挖掘出来，让生活变得轻松愉快，让家庭变得温暖和睦，让周围变得和谐安宁，让事业做得正当清净，这样的修行才是正确的。

　·我们经常会追昔过去，后悔没有努力或者作为，岂不知当下的时间在你的惋惜和追悔中也已悄然溜走，又成为过去；我们往往盼望未来，憧憬一切美好，岂不知在你的幻想中，未来的时间已经成为现在；生命是当下来决定的，多少有意义的过去，多少美好的未来，由你现在的行为决定。

· 普通的人用嘴巴念佛，聪明的人用脑袋念佛，智慧的人用心念佛。由于念佛的方式不同，所以获得的效果也不一样。

· 对于凡夫来说，当贪、嗔、痴三毒生起时，如果没有解决内心的烦恼，没有以修行去对治，那么，三毒被引发一次，就会增长一次。我们以发脾气为例：一个爱发脾气的人，他脾气会越来越大；一个不爱发脾气的人，则会越来越平静。

· 透过实修佛法，我们的心会很容易地自然平静、平和，这与外境并没有关系。心平静了，烦恼才会渐渐沉下去，甚至它会慢慢彻底消失。这时候我们的快乐才会由内而外地展现出来，此时的快乐才是真正的快乐，因为这快乐是在没有任何造作和条件的情况下产生的。

· 去远方旅游，体验自然风光，释放自己的心灵，目的是为了寻找快乐。如果我们带着一颗不快乐的心，无论到多美的地方，也是不快乐的。所以，要向自己内心寻找快乐，这就是修行。

· 我们晚上睡觉之前，好好观察一下整天的所思所想和所作所为，如果发现不如法的地方，应当向佛菩萨磕三个头并念这个偈颂："我昔所造诸恶业，皆由无始贪、嗔、痴，从身语意之所生，一切我今皆忏悔。"诚心忏悔一切罪业，然后入睡。我们应该经常培养一些好习惯，修行就自然形成了生活中的一部分。

· 修行要有颗时刻觉察的心，要保持中道，且不执着。就像弹琴，琴弦太松太紧都演奏不出好听的音乐。我们修行做功课太执着就是偏紧了，懒惰就是偏松了，要适度，放轻松。

· 心平静了，心的力量就会发挥，心的本能就会展开。心平静了，佛性才会显露，智慧才会提升。

· 如果我们能做到像在意自身容貌一般常常观照自心的话，照见心的本性会是轻而易举的事；能像修饰外表一样时时修正自心的话，断除习气就不难了；能有像追求金钱、权力一般的勇气去利益他人的话，生起菩提心也会变得非常容易了。

· 如果我们看到一个可怜的生命，比如一条流浪狗，或是路边一个身有残疾的乞丐，或是一个身患绝症的病人，我们的心无动于衷、麻木不仁，甚至有些厌恶、反感，这就说明我们的心还没有与佛法相应，我们的修行还需要加强。

· 很多好的修行人会主动去寻求一些考验自己的机会，比如常常去医院看那些病人：有的病人眼睛瞎了，有的病人骨头断了，有的病人精神不正常，有的病人疼得大声呻吟，有的病人因为付不起医疗费只能忍着病痛躺在床上等死……看到这种情景的时候，修行人会观察自己的心有没有变化？如果没有任何感受，觉得与自己无关，那说明心还没有与佛法相应。这种训练是特别重要的！

· 当佛陀身边的比丘生病时，佛陀会亲自去照顾他，而当我们自己的亲人或朋友生病时，我们会亲自照顾他们吗？作为一个佛教徒，我们应当向佛陀学习，让慈悲和关爱在生活的点点滴滴中发挥和展现。

· 当我们的心觉悟时，世界比想象中光明；当我们的心迷惑时，世界比想象中黑暗。你的世界光明还是黑暗，取决于你的心。

· 人的一生是积福还是消福？如果你的一生不断地在服务和奉献，人生就是积福；如果你的一生充满着占有与功利，人生就是消福。作为一个佛弟子，应当在众生的福田里，善意地播撒一些自利利他、自觉觉他和自度度他的种子，最终的收获其实就是我们自己，会开菩提心的花，结般若智的果。

· 我们内心总有各种念头和贪、嗔、痴烦恼，如果认真观照自心，就会发现无论是善还是恶的念头，本质上都找不到一个具体存在的实物，既找不到颜色，也找不到形状，更找不到它的具体位置。但是，如果对心中的念头不观察、不分析，这些念头似乎很有影响力，能操纵我们的行为和语言，让我们快乐，也让我们痛苦。

·当一个人内心充满慈悲的时候，虽然他可能暂时还做不到不看别人的缺点，但是他能够接纳；而没有慈悲心的人，看到他人的缺点就立即会很反感，进而讨厌，最终产生斗争等问题。慈悲之中有接纳的力量，如同母亲看到孩子的缺点也会当成优点一样，这就是爱心的力量。

·每个人的内心都有一个宝库，里面有取之不尽的奇珍异宝，而佛法如同一把钥匙，能指导我们打开内心的宝库，让我们尽情享用这些原本就属于我们的珍宝。

善行，丝毫积累终会满愿；

恶业，点滴去除终会清净；

烦恼，当下作战终会战胜；

我执，时刻对治终会解脱；

福慧，逐日增上终会圆满。

愿大家精进修行，早证菩提。

第八章

断除烦恼的根

ཀ་ཆེ་པ་ཕྲེང་། ཞལ་ནོ།
ག་ཡ་ར་ཡ་ཉ་པ་།

ཞལ་ཀ་དཀ་དམ་མ་དག་ནོ་ང་

·很多人在皈依成为佛弟子后，不知道该从何处下手开始修习佛法，也会走很多的弯路。其实，学佛的次序归纳起来可以用"见、修、行、果"四个字来概括。"见"居首位，意为动机；其次才是"修"；第三乃"行"，最后是"果"。

·对于一个初学佛者来说，不要急着先修持一些深奥的密法，如中观、般若或者关于空性生起次第和圆满次第等。如果在还没有获得稳固的基础之前，就看这些具有深奥法理的书籍，然后去修持这些法的话，对自己不但得不到很大的帮助和利益，反而容易误入歧途！

·皈依三宝，是外道与佛教之间区分的一个界线；发菩提心，是小乘与大乘之间区分的一个界线；获得解脱，是此岸与彼岸之间区分的一个界线；证悟空性，是迷惑与觉悟之间区分的一个界线。

·我们学佛的第一步是要心转向法，也就是最终建立对三宝的胜解信，建立对轮回的出离心，而最好的方法就是思维四共加行。四共加行是专门为心转向法而设计的，是全部佛法的基础。

·基于中国悠久的佛教文化及古老的传统，现在学佛的年轻人越来越多，这是一个很好的现象。不过很多学佛的人，只是通过阅读经文、佛教书籍、光盘以及网络上的资讯来学佛修行。虽然丰富易获的资讯是时代变化所带来的，不得不接受，但仅仅依靠这种方式修学佛法是远远不够的。

·在家居士们不一定要阅读大量经文、论典等。在忙于琐事的同时，研究这些深奥的佛经并非容易的事。在自己有信心的基础上，依止一位与自己有缘的具德上师，并且在他的引导下专心修行、一门深入，这样的修行才是比较有意义的。

·佛法并不简单，它需要上师的引导。修行就像治病一样，病人不去看医生，自己随便去药房买药，结果会怎样呢？到处求法，没有章法的盲修，到头来只会浪费时间，不会有任何成就。

· 如果我们学习佛法时有具德上师的指点，在繁忙的社会中也会一样获得佛法的加持。如果我们能够将佛法的修持融入生活的点点滴滴，那不但在生活中可以获得佛法的帮助，还能减轻工作上的种种压力，而且生活也会因此变得轻松且有意义。

· 佛陀最初传的法是四圣谛——苦、集、灭、道。苦谛从集谛来，集谛就是烦恼，如果我们不愿意遭受痛苦，必须要解决痛苦的根本，解决了根本，痛苦自然就会消失。根本就是烦恼。断除烦恼要依靠道谛去修行，这样集谛最终会彻底消失，集谛消失的境界就是灭谛，也就是寂静涅槃，这是我们学佛人所追求的最终境界。

· 我们学佛最主要的目的并非是磕头、烧香等，而是要解决内心的烦恼，除掉贪、嗔、痴、慢、嫉五毒，这是学佛唯一的目标。

· 五毒，分别是指贪、嗔、痴、慢、嫉五种情况。所谓贪，主要指众生对物质、男女的贪欲；所谓嗔，是指愤懑、易怒；所谓痴，也就是愚痴，主要指总是昏沉、困倦等；所谓慢，则是指我慢，自以为是，瞧不起人；所谓嫉，很好理解，指的是嫉妒，见到别人幸福自己就很不高兴。

· 如果修行没有使自己的贪、嗔、痴、慢、嫉减少，反而使五毒剧增，成了堕入恶道的因，这很可怕！作为佛弟子，我们应该相互提醒，彼此督促，共同步入解脱之路，顺利圆满地证得佛果是所有佛教徒的共同目标；依靠大众的力量来令佛法长久住世，利益无量无边的众生，是我们所有佛弟子们的共同的责任。

· 如果我们期望根除贪、嗔、痴、慢、嫉五毒烦恼，就必须要学习空性见，并且进行禅修，以无我的智慧破除我执。我执乃是烦恼的根本，在破除我执的同时，建立在我执之上的烦恼和习气便会随之消除，因此，破除我执才是根除五毒的方法。

· 虽然任何人都可以闻思修同步进行，但也要看其是否具备传承，是否得到善知识的引导。闻思修同步进行，是在至少具备传承和善知识引导的前提下所提出的要求。否则，很容易堕落成为"法油子"。

· 懂得修行的标准非常重要。要想知道自己的修行是否进步，唯一要看的就是我执有没有减少。如果我们学法越多、修行越久，我执越大，那就拜托你不要再修法了，请把佛珠放下，出去吃喝玩乐、游山玩水吧，这样也许更实在一些。

· 皈依数年，仍不能生起虔诚之心，应当念诵百字明咒来忏悔业障；学佛很久，仍不能生起出离之心，应当观修四共加行来断除贪欲；认真修行，仍不能生起菩提之心，应当修持自他交换来降伏自私；禅修很久，仍不能生起空性正见，应当持诵《心经》和《金刚经》，并实修大手印的殊胜智慧来摧毁无明执着。

· 学佛应该像往牛奶里倒水，牛奶与水融为一体，永远无法分开。若佛法融入了我们的内心，合二为一，在我们死亡之际，佛法便会产生作用。即使死后，佛法也不会离开我们的心，并且不断地利益着我们，这才是佛法加持真正的意义所在。加持绝非把铃杵置于头顶，或用佛珠摸摸头顶那么简单。

· 当我们往水里倒油时，油会漂在水面上，不会与水相溶。油永远是油，水永远是水，油永远不会具有水的作用。同样，如果心没有与佛法相应，不管我们修行了多少年、念了多少咒、修了多少法、去了多少个圣地朝圣，佛法对我们不会有丝毫的益处。

· 我经常听弟子说，觉得世间的事情没有意义，这其实是学佛的一种障碍。有没有意义看我们为谁做，为什么做。为自己做则没有意义，为众生和他人做就很有意义，就会成为一种修行。如果什么都为自己考虑，那么佛法也会变成世间的东西。

· 作为一名佛弟子，出离心、菩提心和空性见地等佛法的很多殊胜的事我们暂时做不到，孝敬长辈、做一个善良的人、帮别人做饭等世间的很多接地气的事我们又不愿意做，那我们到底做一些什么呢？

· 不论国家民族，不论男女老幼，也不仅限于人类，一切众生都是我们的福田。我们帮助一个众生，就积累了一次福德。如果我们有这样的观念，就会发现日常生活里积累福德的机会太多太多，一切世间俗务都可以不违背佛法。

·自他平等的修持是要能够慢慢体会到别人的感受，体会到别人需要快乐，体会到别人也不愿感受痛苦，这样的话你才会考虑到别人，去关怀别人。

·现在我们自己已经开始学佛，也懂得了佛法的珍贵，以及佛法对于人生的重大意义，但是我们的父母不一定相信佛法。那么，他们的来生就没有方向，也可能要堕入恶道。如此一想，我们自然就会对父母产生悲悯之心。有了这悲悯之心，我们心中菩提心的种子就开始发芽了。

·修行人一定要把佛法中提及的"因果不虚"和"无常"的理念铭记在心，并养成习惯，尤为重要的是要具备无私奉献和利益他人的理念与精神。日常生活中行住坐卧都没有离开这些理念的话，也就是保持正念，那么所做的任何事情都是修行。

·仅仅追求持咒的数量是不够的，还要在虔诚的基础上，调整心态、保持正念、专注持咒，这样才会进一步改善内在的素质和净化心灵。比如念观音菩萨心咒，就能起到念得越多嗔恨越少，念得越久慈悲越大的作用。如果我们能达到这样的成效，那就真的做到佛经中所说"证一分功德，断一分烦恼"的境界了。

·念佛的功德并不是表现在我们能否梦见佛，能否在梦中不由自主地念诵佛号。佛法的作用是让我们甚至在梦中都不会产生一个烦恼和我执的念头。

·无论我们学习了多少佛教知识，通达了多少佛经，念诵了多少佛号，持诵了多少咒语，修了多少本尊法，这些都不重要。如果自心没有与佛法相应，我执无法被调伏，那么我们所学的、所修的都永远不能成为解脱的助力。

·即使我们学了几十年佛法，也不能对所做的善业功德有丝毫自傲自负，对身口意之恶业有片刻松懈。如果我们纵容那些看似微小的恶业，不谨慎地断除恶念，那么，我们累生累劫修行的功德，很可能因刹那的嗔恨而毁于一旦。

·对于一个"研究佛法"的人来说，了解佛法的知识是必要的；对于一个"想追求解脱之道"的修行人来说，依止一位真正具德的善知识，并依靠他的引导与监护，一门深入地专心实修佛法，获得修证上正确的真实体验，这才是更为必要的！

·无论在宇宙中，还是在轮回中，我们都是如此渺小，然而我们的执着、欲望、嗔恚、傲慢、习气、业障又是如此的强大，一样都不少。这是无明的力量导致。通过学习佛法，让我们从迷惑中苏醒，从束缚中解脱，从无明中觉悟，并圆满福慧资粮，证得无上菩提。

·在学佛、修行的过程中，如果没有将"无常"深植于心，对于因果的取舍也没有像保护自己的眼睛一般谨慎，仍然以自我为中心，以自私的心态和发心来持咒、念经、行善，那么这就不能算是真正的修行，没有正确心态和发心所伴随的善行反而会成为学佛和修行的障碍。

·嘴上念了很多的经文，合上经书、离开佛堂后就忘记了，回到实际的工作生活中，仍然自私自利，那不是修行，而是在浪费时间。

·生病是消业还是造业，并非取决于疾病本身，完全取决于病人的心态。如果我们生病后老是想：为什么倒霉的总是我？这样想就是在造业。如果我们还会对自己、家人、医生护士发脾气，这样造作的恶业就更多。生病绝对可以帮助我们消业。这么说并非希望大家都得病，如果能健康地以念佛持咒去消业，当然更好。

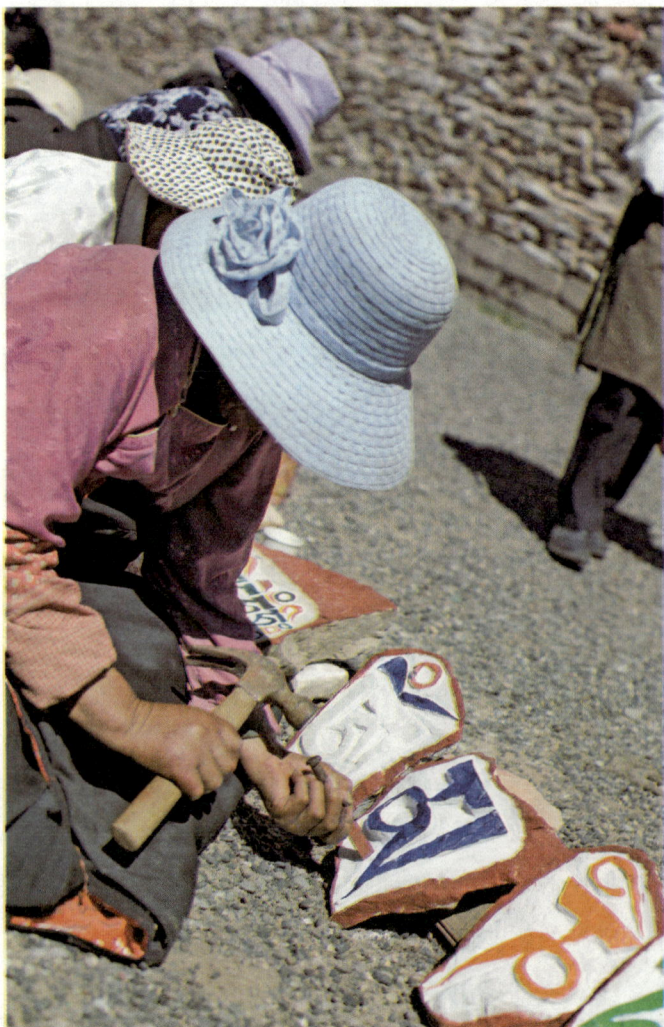

六　度

修行如开车，实修世六度。

谦让礼为先，修持世布施，

遵纪守交规，修持世持戒，

堵车心不烦，修持世忍辱，

路远避疲劳，修持世精进，

持续常清晰，修持世禅定，

熟练巧驾驶，修持世智慧。

三　学

修行如开车，实修世三学。

戒如安全带，约束保平安，

定如不饮酒，保持头清醒，

慧如娴熟技，速达彼岸地。

· 修行不能进步的理由很简单，因为我们观想佛菩萨的清楚程度远比不上观察他人短处那样细致，并且昏沉、散乱，但观察他人短处时却注意力集中；持咒、诵经的数量和时间也远达不到谈论别人是非那么多、那么久，并且懈怠、懒惰，但谈论别人是非时却精神十足。所以，我们修行的效果远不如习气造业的力量大。

· 修行如开车，要保持中道。观察他过时，记得踩刹车；反省自己时，不忘踩油门；做人做事时，掌握好方向。

· 我经常提醒自己，在轮回的苦海中，不应该懈怠、懒惰，日夜不懈地去努力听闻佛法，阅读佛经和论典。听闻过的佛法认真思考，思考之后才可以实修实证，通过闻思修来圆满这个人身，闻思修时会产生三种智慧，分别是"闻所生慧""思所生慧""修所生慧"。具备此三种智慧，才能圆满自利利他的伟大事业。

· 正如古诗所说："不经一番寒彻骨，怎得梅花扑鼻香。"实修必然会有一个过程，需要勤奋、刻苦，并且经历很多的磨炼和挫折，不可能是悠悠闲闲、随随便便地像吃一顿饭那样简单。就好比一位运动员，如果他想获得奥运会冠军，必须要经过艰苦的训练，经历很多失败和磨难，付出无数汗水和泪水，最后才能成功。

　　·修行其实就是"回家"，并不是去追求一个陌生的、从未有过的事物。当你开始修行了，就是踏上了回家的路，在这过程中，千万不可以走错路，否则你就到不了自己的家。要找到自己在轮回里是从什么时候开始迷惑的，回到那个迷惑的起点，就接近成就了。

第九章

不渴望得到　也不担忧失去

ༀ་ཨཱཿ་ཧཱུྃ་བཛྲ་གུ་རུ་པདྨ་སིདྡྷི་ཧཱུྃ།

བྱང་ཆུབ་སེམས་དཔའི་སྤྱོད་པ་ལ།

·在学习佛法时，我们不应将佛法当作世间的知识来学习。掌握世间的知识其目的多是如何获得更好的工作、增强竞争力、得到更多的名利等。而佛法是以慈悲为怀、以智慧为本的菩提大道，佛法是圆满的智慧。

·自净其意、降伏自心和烦恼的方法不是佛陀发明的，而是佛陀发现的。佛陀发现之后，自己如实地修行，最终解脱轮回、获得佛果，为我们做出了最好的证明。然后，佛陀把他所亲证的真理如实地告诉我们，这就是佛法。

·我们学佛绝不可以一概而论，要系统地、次第地学习。不然，我们会发现有些佛经里说"我"存在，有些佛经里说"我"不存在。难道是佛陀自相矛盾？这会令我们对佛法产生怀疑，或者越学佛越增加迷惑。实际上，对象不同，层次不同，佛陀所宣说的法教是不同的，这一点大家一定要清楚。

·作为一个佛教徒，什么是最必要的、最基本的条件？就是要生起出离心。什么是学佛人最大的障碍？就是对此生此世的贪执、对此生此世的欲望等，这些是我们修行上的大障碍，也是我们走向解脱成就最大的一种违缘。

·真正的"出离心"应该达到什么样的程度呢？即使在你面前出现了你曾经贪爱、曾经追求的一切世间诱惑，你的心都能毫不动摇，这说明你生起了真正的出离心，你已经从内心深处洞察了轮回的本质，从内心深处产生了解脱的愿望。

·出离心来自我们真正了解了轮回痛苦的本质，明白了解脱的殊胜、伟大、祥和、宁静和喜悦等至高无上的境界，然后从内心深处渴望从轮回解脱。如此，不管是在寺庙里还是城市中修行，我们的心永远是积极乐观的，而非消极悲观的。这才是真正的出离心。

·佛法千万不能以世间方式学习和传播。否则在初期修行时传承的加持会消失，中期修行时佛法的价值会失去，后期修行时心中的烦恼会生起。

·闻思佛法，好比在养花。浇水不能太少，否则花草会干枯；浇水也不能太多，否则花草会死掉。同样，闻思佛法时，不能闻思太少，否则无法理解真理；也不能学得太杂太多，否则容易成为"法油子"。

·现在我们通过电视、网络而进行佛法的学习是一种科技层面的学习，不能说没有用，因为它对于想要积累佛学知识的人来说有很大帮助。但对专心实修的修行人而言，以这种方式学佛修行，很难说能不能得到佛法传承的加持，更不确定会不会发生误入歧途的事情。就像纸上谈兵，想从中得到实实在在的成果相当困难。

·什么才是学佛后真正的进步？就是指你今年觉得有意义的一件事，明年就觉得没有意义了；你现在非常执着的一件事，几年以后就能放下了，而且发现以前的自己很幼稚。学佛是不可能一下子就顿悟的，要一步一步来，就像剥笋皮一样，一层一层剥开，越往里笋皮会越薄，剥到最后是一无所有。

·在生活中，我们总是会患得患失：会不会失去财产、名誉？会不会找不到对象？对善缘和恶缘的患得患失是修行人很大的障碍，也是人生最折磨我们的事情。如果能不渴望得到，不担忧失去，这才能平衡，这叫"一切无所求"。

·虽然佛陀有着无限的慈悲，但是他不会"越俎代庖"，不会替我们把所有事情都做完。我们凡夫获得加持的最好方法就是遵守佛陀的法教，依佛陀的教义去度过我们的人生。我们依教奉行，内心获得平静，烦恼慢慢减少，智慧逐渐增长，最终获得解脱，并自利利他，这才是佛陀的加持。

· 什么是加持？真正的加持是祈祷佛陀断除我们的烦恼，内心有所觉悟。佛陀曾经说：无法用水来清洗你的罪业，无法用手来去除你的痛苦，无法将他的证悟放到你心中，而是指出法性寂静才能获得解脱。

· 获得解脱、圆满成佛是我们共同的目标，而利益众生是我们共同的责任。就利益众生来说，广闻正法重要；就证得佛果来说，广闻正法同样重要。然而，仅仅是听闻佛法还不够。如果没有实修禅定，就不会获得清净智慧，无法断除无明。

· 我们要珍惜每一分每一秒，莫要贪图享乐。应虔诚祈请历代上师加持，认真学佛，努力修行，尽快圆满成佛。人生苦短，年老多病转瞬即至，一旦白发苍苍，老眼昏花，牙齿掉光，记忆衰退，便为时已晚。仔细思考，如果此生我们没能好好把握，这样的机会失去了恐怕不会再来了吧！

· 佛法的殊胜在于引导我们摆脱痛苦，解脱八万四千烦恼，达到轮回之彼岸。可以说，即使我们只听闻到了一句佛法，也有非常大的利益和价值。

·学佛是为了做主人，而不是为当奴隶，更是为了超越奴与主、善与恶、圣与凡、轮与涅的二元对立。如果学佛还无法自主，那我们学佛就失败了。为学佛成功，我们不但要当主人，更要超越奴与主的二元对立，超越圣凡戏论的着相，并达到轮涅不二的甚深无上境界。

·无论出现任何违缘、障碍，我们都要保持欢喜心，愿意替一切众生承担违缘的痛苦。如果我们能够做到这一点，就说明修行已经达到了一定的境界。如果碰到顺境就兴高采烈，遭遇逆境就哭天抹泪，那么，说明我们的修行根本就没有进步。

·作为一个修行人，积累福德、清除业障是我们的主要任务。而听闻佛法则是最好的方法之一。

·我们在善知识的引导下，透过禅修、祈祷、持咒、观想等方式，把自己的本来面目全然显露出来，把内在的佛性从无明、我执、烦恼、习气的覆盖之中解脱、发挥出来，就是回到了真正的归宿。神识真正的归宿，既是我们的本来面目，也是我们人人本有的佛性，是不生不灭、不垢不净、不增不减的究竟实相。

·佛陀在《摄正法经》中说："欲获得佛果，学多法不成，唯当学一法，何为学一法？此乃大悲心，何人具大悲，彼获诸佛法，了如指掌矣。"

·如果想获得佛陀的果位，并不需要学很多东西，即使学了很多东西，也不一定能成就佛果。但有一种法不得不学，此乃大悲心。大悲心就是菩提心。任何一个人的心相续中如果具备了菩提心，就等于获得了一切佛法，一切佛法都可以了如指掌。如果没有菩提心，即使通达了一切万法，对于成就佛果也没有什么帮助。

·佛法仅仅听闻还是不够的，如果没有实修禅定，就不会获得清净智慧，无法断除有漏。《阿难入胎经》中说："若无入定者，则无清净慧，不能断有漏，应当精进行。"冈波巴大师也曾说："同时闻思修佛法是不会错的。"所以实修实证非常重要，闻思的当下精进实修是达波噶举传承的特色。

修持布施令放下执着心，这才是真正修行大布施。
修持戒律令远离罪业心，这才是真正修行大持戒。
修持忍辱令断除嗔恨心，这才是真正修行大忍辱。
修持精进令法喜充满心，这才是真正修行大精进。
修持禅定令保持觉醒心，这才是真正修行大禅定。
修持智慧令生起无我见，这才是真正修行大智慧。

· 我们为圆满自利利他的事业，首先要得到的就是加持。要想得到加持，必须以虔敬心来祈祷上师。对于一位金刚乘的弟子来说，虔敬心比修什么法、做什么功课都重要，是金刚乘根本中的根本。

· 越是大成就者，就越会隐藏得很深，从不显露自己的功德和修行境界。玛尔巴大译师有家庭，表面上过着世俗的生活，然而弟子们都知道他从来没有被轮回污染过一丝一毫，凡夫看到的只是表面现象而已。当大师为密勒日巴尊者灌顶时，弟子们看到了无比庄严的喜金刚本尊和其坛城，这时才是玛尔巴大师的真实显现。

· 虽然我们自认为自己是大乘佛法的修行者，但从无始轮回以来，自私自利的习气根深蒂固，利益他人的发心却比较薄弱，实际上是否是名副其实的大乘修行者就很难说了。因此哪怕是修一秒钟的法，行微不足道的善，都一定要有菩提心的摄持。

· 我们修习佛法，发心至关重要。佛法重视心之善恶，善恶并非以外在行为来判断，而是以内在发心作为判断标准。

·一切众生是修行人趋入菩提的根本因，如果想要成佛，应当把众生与自己的上师一样地恭敬承侍。所有的众生对我们的恩德都是不可思议的，如果杀害或吃掉它们，等同于我们对它们恩将仇报。

·佛法的力量并不是能让一切永远不变，也不是让因缘不发生，而是让我们看到一些现象后，不断地督促自己好好修行。因为我们没有任何把握不让一切发生，所以才会更加珍惜当下，努力修行。

·真正的修行必须从做人最基本的道德开始做起，在生活的点滴中净化自己的烦恼。我们内在的潜能是一个无价之宝，整个三千大千世界所有的财宝都不如我们内在佛性一丁点的功德。学佛修行就是透过自己正确的发心、虔诚心、清净观、禅定等的力量来逐渐发挥显露我们的佛性，这才是真正修行的庄严。

·我们修行的目的，并非是让生活美好、事业圆满，名声显赫，也不是为了追求个人的解脱与安乐，而是为了能够彻底断除无明、我执、习气、烦恼等所有染污客尘，并现证"心"的本性而获得圆满佛果，任运普度无尽的众生。

·不要太相信自己的眼睛，不要太相信自己的耳朵，不要太相信自己的思想。不以事物表象来判断事物。我们在无明的幻觉之中，我们有什么理由能够判断我们看到的是正确的，表面的现象并不能反映它的实质。正如金刚经所说："凡所有相，皆是虚妄。"

·在了悟了这个世界的究竟本质是虚幻无实之后，仍然小心翼翼地遵守因果规则，就是智慧；在认清了芸芸众生深陷于无明烦恼之后，仍然不离不弃地利益他们，就是慈悲。

·慈悲心、菩提心就像杯子里面的水一样，是一滴一滴组成的。我们修持慈悲心、菩提心的时候也要随时随地从细微处着手，从周围人做起，以平等之心考虑他人的需求，尽量地利益他人。这样慢慢地日积月累，总有一天菩提心会在我们心中生起。

轮　回

秋树之叶因起风而飘零，

大海之鱼因巨浪而离散，

生死轮回因业力而流转，

芸芸众生因无明而漂泊。

涅　槃

大海之舟因舵手而到岸，

人生之舟因良师而解脱，

身躯之病因良药而治愈，

精神之病因妙法而觉醒。

· 佛法的真理像是渡过苦海的唯一船桥，是砍断我执的利刃宝剑，是治疗心灵的甘露妙药，是轮回暗夜中的唯一明灯。所以在我们沧桑的人生里，点点滴滴的生活中，需要佛法的佑护才会使我们的前途更加光明，才会减轻我们身心上的压力、操劳、忧愁、痛苦等，更会唤醒我们沉睡中的佛性，最终令我们证得佛果。

· 佛教的禅定是在禅定的当下没有离开菩提心，在禅定开展的时候，它主要的作用是破我执、断烦恼，这才是真正的禅定。

· 最公平、公正的"法律"就是无常、因果、死亡。无论何人、何事，都离不开无常；无论是怎样的苦乐感受都躲不开因果；无论是谁都逃不开死亡。在生死规则、因果规律、苦乐感受、佛性真理面前，人人平等，无有例外。所以，我们要了解众生都是平等的，平等是一个客观的概念。

· 佛陀曾经说："诸佛无法用水洗掉众生的罪业，无法用手取掉众生的痛苦，也无法把自己的觉悟移植给别人，只是指明正确的真理，就能令人获得解脱。"如果我们想要清净罪业、远离痛苦、证得觉悟以及获得解脱的话，唯一的方法就是依靠佛教的真理。

· 业有两种：不定业和定业。有的业力是可以依靠行善和忏悔来消除的，这叫不定业。有的业力不管做了多少行善、利众，也不能避免业力的成熟和业果的出现，这叫定业。当我们身上定业成熟时，无论是菩萨、护法、天龙鬼神都无法给予庇护或阻止业果出现。而且，即使是佛菩萨和大成就者也都要面对定业果报的成熟。

· 什么叫作菩萨呢？菩萨就是菩提萨埵的简称，意思是觉醒的勇士，菩提为觉醒，萨埵为勇士。菩提是对上佛果的追求，代表大智慧；萨埵是对下利众的愿力、勇气，代表大悲心。上求佛道、下化众生的勇士，即为真正的菩萨。菩萨度化众生的勇气包括：不畏时间久远、不惧众生数量无尽、不畏难行苦行三个方面。

· 我们通过禅修，通过祈祷，通过持咒，通过观想等方式来把自己内在的佛性，全然地显露出来，让我们内心里面的佛的本性都从无明、贪、嗔、痴烦恼、习气以及业障的覆盖之中解脱出来，发挥出来，这就是所谓的解脱和成就，也是涅槃和证得菩提。

·金刚乘有三个根本——加持的根本是上师、成就的根本是本尊、事业的根本是空行护法，金刚乘所有的法都可以归纳于三根本之中。三根本具备了，就掌握了金刚乘的一切法，金刚乘的修行有没有成就取决于三根本有没有具备；三根本中最关键、最重要、最初需要具备的就是第一根本——加持的根本是上师。

·加持的根本是上师，对于不具备虔诚心和清净观者，此法则是保密的；成就的根本是本尊，对于不具备殊胜根器和三昧耶戒者，此法则是保密的；事业的根本是空行护法，对于不具备大悲心和高深的见地者，此法则是保密的。凡是对于缺乏根器、福报、智慧和因缘者，密法暂时不允许传授，所以金刚乘称之为密教。

·从显教的角度，我们强调佛法僧三宝；从金刚乘的角度，我们特别强调三根本，原因就是三根本中的上师已经涵盖了三宝——上师的身是僧宝、上师的语是法宝、上师的意是佛宝，三宝的一切功德、一切境界、一切加持都包含在上师之中，三根本也都是在上师的基础上建立的。上师，就像祖师大德一样具德才行。

·金刚乘的皈依分为外、内、密三种。佛陀作为我们的导师，正法作为我们的道路，僧宝作为我们的伴侣，这就是外皈依。上师为加持的根本，本尊为成就的根本，空行护法为事业的根本，这就是内皈依。脉清净为身金刚，成就化身佛；气清净为语金刚，成就报身佛；明点清净为意金刚，成就法身佛，这就是密皈依。

·我们至少每天要想一次生、老、病、死的痛苦，才能生起真正的出离心。有了出离心，才能引发修行的动力和解脱的勇气；有了出离心，才能认识轮回的本质和生命的真相；有了出离心，才能对众生生起无伪的慈悲和度众的愿力；有了出离心，才能圆满福慧资粮，并速证无上菩提。

·让行为越来越如法，就是修福；让见地越来越高深，就是修慧。福慧圆满，即是成佛。

·学佛、修行的最终目的，是为了认清生命和宇宙的真相。从无明妄念所产生的各种自身和外界的假相中彻底觉醒，使今生更有意义，让来世走向光明和寂静，最终达到超越生死苦海而证得至高无上佛陀的境界。

·世界上存在着许多不同的宗教信仰，任何一种宗教信仰如果不具备也不提倡慈悲与智慧的精神，不弘扬自利利他的伟大事业，不致力于世界和平，那么其存在的价值和意义又是什么呢？

·佛教的精髓，就是智慧和慈悲。如果没有智慧，就不能解脱轮回；如果缺乏慈悲，就不能普度众生。只有智慧而没有慈悲的人，就会停顿于涅槃；拥有慈悲却缺乏智慧的人，又会堕落于轮回。唯有慈悲和智慧俱全，才能证得"犹如莲花不着水，亦如日月不住空"的圆满菩提的果位。

·佛法的意义在于慈悲和智慧，而不取决于念经持咒的多少。有的人非常乐于助人，即使他没有烧香念佛，就因为他没有以自我为中心，无私奉献，这就是菩萨；有的人看经书非常认真，持诵咒语很专心，却执着越来越强，我慢越来越高，烦恼越来越盛，这样的学佛有意义吗？即使修行多久，也无法解决生死苦海的问题。

·修习和领悟佛法是件珍贵的事，世上少有人能珍惜这个机会。大多数人都在反复打转，被无明与欲望所驱使，不知道解脱轮回、解脱贪爱、解脱嗔恚。

·现代学佛人很幸运：有机会亲近各个教派的高僧大德，还可以通过各种媒体看到有关佛法的视频和典籍。现代学佛人也很危险：自身智慧浅薄，难以通达广博的佛法，而且在末法时代，真假上师难以辨别，有幸遇到具德上师，由于分别念强大，也难以对上师生起无伪的虔诚心并做到依教奉行，所以成就的人寥寥无几啊！

·我们无始以来罪业很重，第一要发愿，我再也不做这样的坏事；第二对自己已经造过的业，就像从前吸毒一样产生后悔心，念诵三十五佛忏悔文，修持金刚萨埵法，持诵百字明咒。同时，对未来发誓不再造业，绝不一错再错。

· 我们随时都离不开造业：与他人相处的时候，我们首先就将注意力放在别人的缺点上，同时希望自己在众人面前能呈现非常完美的一面，在这个当下我们就已经造业了。在这种情形之下，往往自我保护的意识越强，阻碍我们从轮回中解脱出来的力量越大；对别人缺点的观察力越强，造业越可怕。

· 只有破除无明才能获得解脱。破除无明之前，首先要推翻对自我的主观认识，这就需要我们对自我有一个正确的认识。由于无明和五毒等原因，我们不仅把自己的优点当成优点，还会把自己的缺点也当成是优点，当有人拿一根手指指着我们时，我们就无法接受，为什么呢？因为我们对自我的保护和认可太强烈了。

· 我们凡夫的五官和意识等一切都是无明的产物，无论所见、所听、所想等皆是幻想。所以在未获得佛果之前，绝不可以轻易地评判他人的是非，也不可以肆意地诽谤或指责他人，否则会产生严重的罪业及引发不堪设想的后果。不看别人的缺点，不听别人的是非，不判断别人的对错，才会使自心清净、修行有所成就。

· 我们既看不到地狱道、饿鬼道，也看不到天道、阿修罗道，我们的肉眼只能看到人道和畜生道，但看不到的事物并不等于不存在。大千世界中有太多存在着的事物我们都看不到。我们的肉眼实在是太局限、太不可信赖了。

· 轮回的一切环境本是清净庄严的净土，一切众生本是佛父佛母、勇父勇母，我们暂时看不到是因为我们生病了。要以这样的观念去培养清净观，对世间的事情不要太认真、太执着，要承认我们看到的并不是真相。能够承认这一点，金刚乘的殊胜加持才容易得到，得到了加持，金刚乘的成就已经在我们手中了。

· 佛法是内道——内的意思就是"向内观照"，而不是往外寻找。我们的眼睛可以向外看，但是心一定要向内观照。向内去追求、向内去寻找快乐、幸福，才称之为内道，也才是真正的佛法。

　　·佛菩萨在轮回中，也会投胎、转生、成长、死亡，虽然表面上跟我们凡夫一样，实际上在根源上和我们凡夫完全不一样。我们凡夫的生活经历是以无明而生活、以烦恼而流转。佛菩萨的生活经历是以智慧而生活、以慈悲心而行菩萨道。正如《普贤行愿品》中所说："犹如莲花不着水，亦如日月不住空。"这就是大乘最博大的精神和最高的境界。

　　·以前我害怕死亡，现在我更惧怕再生。轮回中充满了痛苦、恐惧和迷惑，我不知将生于何处。我们学佛修行的最终目的并不是可以做到不死，而是能够通过根除无明、降伏烦恼和清净业障而不再流转于轮回。对于修行达到很高境界的修行者来说，再生不是随业流转，而是乘愿再来。

图书在版编目（CIP）数据

是谁惹恼了你 / 太桥旦曾著. -- 成都：四川民族
出版社, 2019.1（2021.9重印）
ISBN 978-7-5409-8111-2

Ⅰ.①是… Ⅱ.①太… Ⅲ.①散文集 – 中国 – 当代
Ⅳ.①I267

中国版本图书馆CIP数据核字(2019)第010200号

是谁惹恼了你

SHI SHUI RENAOLE NI

太桥旦曾 著

出 版 人	泽仁扎西
责任编辑	胡 庆
版式设计	陈 立 李 娟
封面绘图	李首龙
摄 影	朱 伟 曹振录
责任印制	刘 敏
出版发行	四川民族出版社
地 址	成都市青羊区敬业路108号（邮政编码：610091）
成品尺寸	170mm×240mm
印 张	12.25
图 幅	74幅
字 数	150千
制 作	成都华林美术设计有限公司
印 刷	永清县晔盛亚胶印有限公司
版 次	2019年1月第1版
印 次	2021年9月第2次印刷
书 号	ISBN 978-7-5409-8111-2
定 价	45.80元